우리 가족은 어디서부터 잘못된 걸까

우리 가족은
어디서부터

잘못된 걸까

골디락스 에세이

시공사

존경과 사랑을 담아,
DJ에게

이제는 사랑을 먼저 주는 것이

사랑을 채울 수 있는 유일한 방법임을 안다

부모와 불안정 애착을 맺은 채 어른이 되었다

스물세 살, 정신과에 다닐 때다. 이런저런 검사를 많이
받았는데 그중 기억에 남는 것이 '부모와의 애착 검사'
였다. 우울증에 걸린 건 나인데 왜 부모에 대해서 검사
를 해야 하는지 이해가 되진 않았지만, 어쨌든 병원에서
하자는 건 다 했다. 끈적한 늪에 발이 묶인 것 같은 이
기분에서 벗어날 수 있다면 뭐든 할 마음의 준비를 하
고 병원에 다녔다. 의사 선생님이 굿을 하자고 하면 몇
번 망설였겠지만 결국 작두라도 탔을 거다.

   나는 전형적인 회피형 불안정 애착에 해당되었다.
검사 결과는 스스로 이해할 수 없던 나의 행동 패턴을

일목요연하게 설명해주었다. 난 언제나 혼자인 게 편했다. 언제 어디서건 독립적이고, 자립적이라는 말을 들었는데, 사실은 마음속에 커다란 구멍이 뚫린 것처럼 외롭고 공허했다. 깊은 이야기를 나누지 못했고, 다른 사람과 너무 가까워지는 게 힘들었다. 사람들과 어울리며 그럭저럭 사회생활을 하는 건 가능했지만, 끊임없는 노력이 필요했다. 사람들을 만난 날에는 언제나 어깨가 돌덩이처럼 딱딱해졌고, 억지로 올라갔던 입꼬리 근육은 부들거렸다. 인간관계를 맺고 유지하는 건 정신 에너지의 80퍼센트 이상을 갉아먹는 도둑놈이었다.

나는 사람을 잘 믿지 못했다. 누군가에게 너무 잘해주면 나를 만만하게 보고 사기를 칠 것 같았다. 누군가를 좋아하기는 해도 마음을 마구 표현하지 못했는데, 내가 상대를 사랑한다는 사실을 알면 그가 날 떠날 것만 같았다. 이런 알 수 없는 마음 역시 부모와의 관계에서 형성된 성격이었다.

"회피형 불안정 애착의 경우, 어린 시절 부모와 물리적으로 떨어져 살았을 수 있습니다. 또는 함께하긴 했지만 부모가 자녀의 감정 표현에 무관심했을 수도 있고,

아니면 반대로 지나치게 잔소리와 간섭이 많았을 수도
있어요."

　나는 두 번째 경우였다. 일상의 물질적 필요는 대부
분 충족되었지만, 대체로 그들은 무심했다. 아무리 기억
을 쥐어짜보아도 다정하게 안아준 기억이나, 사랑스러
운 눈빛으로 나를 바라보던 기억이 없다. 이러한 유년기
를 거친 아이는 점차 부모와의 관계, 그리고 타인과의
관계를 회피하거나 차단하게 된다. 기본적인 사랑이 충
족되지 않을 때 느끼는 좌절로부터 스스로를 보호하기
위해서다.
　나는 참을 수 없을 정도로 분노했다. 이번 생은 완
전히 망했다. 엄마 아빠에게 이 검사지를 던지면서 소리
라도 지르고 싶은 심정이었다.

　'이게 다 엄마 아빠 때문이라고!!!!!!!!!!!!'

　내 성격이 이렇게 지랄 맞은 것도, 인생에서 가장 아
름다운 나이라는 20대에 정신과에 들락거리고 있는 것
도 모두 부모 탓이었다.

참 신기했다. 내가 좋아하는 남자들은 하나같이 거지 같았다. 자연스럽게 끌리는 사람은 나중에 알고 보면 다 쓰레기였다. 영어 스터디 모임을 하다가 알게 된 선배가 있었다. 따르는 후배들이 참 많았다. 리더십 있고, 술값도 척척 내는 멋진 선배였다. 혼자서 참 많이 좋아했는데, 선배는 술만 마시면 집에서 키우는 작은 몰티즈 강아지를 때린다고 했다. 선배의 우람한 팔뚝에 한 대 맞아 파트라슈가 된 나를 상상하니 금방 마음을 접을 수 있었다.

아, 또 한 명 생각나는 사람이 있다. 카페 아르바이트를 할 때 알게 된 사람인데, 나보다 열한 살 많았다. 나이 어린 남자들처럼 여자를 졸졸 쫓아다니면서 선물 사 주고, 자주 연락하지 않았다. 은근히 잘해줬다. 그 모습이 좋았다. 책을 많이 읽어서 그런지, 경험이 많아서 그런지 아는 것도 많았다. 편안한 기분이 들었다. 나이 차는 좀 있지만 한번 만나볼까 싶은 마음이 들었을 때, 유부남이 총각 행세를 하고 다닌다는 소문을 들었다. 숨겨둔 딸이 둘이나 있다나….

"비슷한 자존감을 가진 사람들끼리 만나게 됩니다.

낮은 자존감을 가진 사람들은 비슷한 사람끼리 만나게 되고, 다시 고통을 반복하게 됩니다. 그리고 낮은 자존 감은 부모님과의 애착 관계에서 만들어집니다."

'아, 씨….'

멋있게 포장해서 말씀해주셨지만, 결론은 무엇인고 하니 '끼리끼리 만난다'는 말이다. 그러니까 작은 강아 지를 패는 남자나 총각 행세를 하고 다니는 유부남이 지금 내 수준이라는 말이다. 또 저 애착 관계. 저놈의 애 착 관계가 또 내 인생의 발목을 잡고 있다. 나는 작전을 다시 짰다. 자연스럽게 끌림을 느끼는 사람들을 일부러 밀어냈다. 싱겁고 재미없는 사람을 만나기로 마음먹었 다. 그렇게 고른 남자가 지금의 남편이다.

나의 자존감은 100점 만점에 25점 정도였다. 의사 선생님이 "비슷한 자존감을 가진 사람끼리 만나게 된 다"고 하셨으니 원래대로라면 나는 25점 정도의 남편을 만나서 50점짜리 가정을 꾸렸을 것이다. 지지고 볶고 싸우면서 나머지 50점의 자존감을 돈이나 자식을 통해 채우면서 괴로워하며 살았을 것이다.

25점짜리 나는 운이 좋게도 (혹은 고의적으로) 자

존감 95점의 남자와 결혼을 했다. 그리고 안정적인 가정을 이루었다. 나는 여전히 이 남자가 혹시 날 사랑하지 않는 것은 아닐까 끊임없이 의심했지만, 남편은 그때마다 침착하고 우직하게 날 사랑해주었다. 내가 뭘 잘하지 않아도, 예쁘지 않아도, 있는 모습 그대로 사랑받을 수 있다는 것이 나에겐 너무나 놀라운 사실이었다. 내가 그에게 돈을 벌어다 주어야만 사랑받을 수 있는 것이 아니었다. 노동력을 제공할 필요도 없고, 섹스를 제공해야 하는 것도 아니었다. 그냥 나는 사랑받을 수 있는 사람이었다. 가끔은 이 사실이 도무지 믿을 수가 없어서 발작처럼 지랄을 하기도 했지만 그래도 남편은 그대로였다.

내 자존감은 바닥에서 조금씩 조금씩 점수가 오르기 시작했다. 내 모습 그대로도 괜찮구나, 하이힐을 신지 않아도 날 예쁘게 봐주는 사람이 있구나, 내가 78킬로그램이 되어도 변함없이 사랑해주는 사람이 있구나, 라는 사실을 확인할 때마다 자존감 점수가 올라갔다.

그래서 하마터면 부모님과 완전히 화해할 뻔했다. 우여곡절이 있었지만 결국은 좋은 남자를 만났고, 나의 고통이 완전히 끝났다고 믿었다. 부모님과는 연락을 줄이고 살면 그만이라고 생각했다. 2016년 4월, 아이를 낳기 전까지 말이다.

첫아이가 태어난 지 95일 되었을 때다. 자연분만을 하고 꿰맨 회음부는 이제 거의 상처가 아물었지만, 임신하면서 뒤룩뒤룩 불어난 몸은 아직도 무거웠고, 걸을 때마다 무릎이 아팠다. 무엇보다 매일 밤 다섯 번은 기본으로 깨는 아이 때문에 잠을 거의 못 자서 나는 반쯤 미친년이었다.

아이가 열이 났다. 나는 아직 포장지도 뜯지 않은 브라운 체온계를 꺼내 설명서를 읽어가며 열을 쟀다. 38.5도였다. 체온계에 빨간불이 들어오자 심장이 덜컥하고 내려앉았다. 동네 병원에서는 아이가 너무 어리다며 대학 병원에 가보라고 했다. 가까이 살던 동네 언니에게 연락을 했고, 울며 전화한 내가 안쓰러웠는지 언니는 한걸음에 달려와주었다. 대학 병원에서 피검사를 했다. 요로 감염이었다. 흔한 병이다. 의사 선생님은 엄마가 이렇게 울 정도로 심한 병은 아니라고 말했다. 그러나 그때의 나는 미친년이었기 때문에 '요로 감염=방광염=며칠 약 먹으면 됨'이라는 이성적인 생각을 할 수 없었다. '요로 감염'이란 단어에서 내 멋대로 '감염'이란 단어에 밑줄을 긋고, 손을 달달 떨면서 눈물만 흘리고 있었다.

원래 남에게 부탁하기 어려워하는 성격이기도 하고, 동네 언니의 아이 어린이집 하원 시간이 가까워지기도 했다. 언니를 보내야 하는데 혼자 있기엔 겁이 났다. 남편은 근무 중이었다. 대학 병원에서 차로 10분 거리에 사는 엄마에게 전화했다.

"엄마, 지금 와줄 수 있어? 하준이가 열이 나. 대학 병원 왔어."

엄마는 대뜸 "지금 화장을 안 해서 나가기 힘든데"라고 답했다. 나는 그 말을 듣자마자 전화를 끊어버렸다. 엄마가 뭐라고 웅얼웅얼하는데 그냥 끊어버렸다. "지금 화장 안 해서 나가기 힘든데"라고 말한 뒤 한 템포 쉬고 "지금 어딘데? 준비해서 나가면 30분 후쯤 도착할 것 같다"라는 말이 이어졌을지도 모르겠다.

어쨌든, 그때 나는 이렇게 생각했다. 엄마 아빠랑은 이제 진짜 끝이야. 도움받을 생각 없으니까 내 앞에 나타나지만 말아줘.

정신과에서 나온 검사 결과대로 나는 분명 '부모와의 애착 관계'에 문제가 있었다. 내 마음속 사랑 주머니에 사랑을 넘치도록 채워본 경험 없이 어른이 되었다. 요로 감염 사건만 보더라도 그랬다. 내 마음속 어린아이는 아직도 부모의 사랑을 갈구하며 삐지고, 화내고, 서운해했다.

하지만 운이 좋게도 안정 애착의 자존감이 건강한 남편을 만나 결혼했다. 모든 게 끝났다고 생각했다. 남편과 지내면서 내 자존감은 정상치에 닿았다. 길거리에서 만난 누군가가 나에게 인사를 하지 않고 지나갈 때면 '뭐, 날 못 봤겠지. 다른 생각을 하면서 걷고 있을 수도 있고'라고 생각할 수 있게 되었다. '나한테 뭐 화난 거 있나? 내가 뭘 잘못했지?'라고 생각하던 건 이미 과거였다.

그런데 끝이 아니었다. 나의 정신 문제는 아이를 낳고 나니 그대로 반복되었다. 작은 손발, 동그란 눈, 짙은 눈썹까지 나와 똑같이 생긴 아이를 키우면서 나는 어릴 적 내가 부모에게서 느꼈던 감정을 또다시 반복해야 했다. 이건 고문이었다.

내가 부모와 맺은 애착 관계와 나의 자존감, 행동 패턴이 높은 확률로 아이에게 그대로 유전된다는 사실을 알게 되었다. 어느 순간 다짐을 했다. 내가 이 아이에게 물려줘야 하는 것은 부동산이 아니라 건강한 마음이라는 것을. 내 자존감과 성격과 행동 패턴을 고쳐먹는 데 집 한 채의 값이 든다고 해도, 그래서 아이에게 집 한 채를 물려주지 못한다고 하더라도, 이렇게 하는 것이 맞다는 것을 알게 되었다. 선택권이 없었다. 아이가 나와 똑같은 심리적인 문제를 안고 살아가는 것보다 내가 죽는 게 낫다고 생각했다. 정말 그렇게 생각했다. 너무 극단적으로 보일까 봐 아무에게도 말하지는 못했지만 나는 그렇게 느꼈다. 만약 아이를 낳기 전에 이 사실을 알았다면 아이를 낳지 않았을 것이다.

하준이를 낳고 연락도 자주 안 하고 지내는 엄마와 아빠가 또다시 너무나 미워졌다. 어떻게 이렇게 예쁜 아이에게 사랑을 주지 않을 수 있을까 싶었다. 아이에게 젖을 물리고 잠이 오지 않는 새벽 4시쯤 되면 마음이 주체할 수 없을 정도로 부글부글 끓어올랐다.

다른 작전을 생각해야 했다.

엄마 아빠는 눈물 콧물 흘리게 될 것이다

❖ ✳ ✢ ✿ ✳ ✳

부모님에 관한 감정은 내 인생에 큰 화두였다. 그 불편함과 미움에 이유가 될 만한 뾰족한 뭔가가 있다면 훨씬 덜 힘들었을 것이다. 예를 들어 어릴 적 자주 맞았다든지, 찢어지게 가난해서 밥을 굶겼다든지, 부모가 이혼하고 날 버렸다든지 하는 큰 사건들 말이다. 그러면 실컷 미워해도 되는 것이다. 미워하면서 죄책감을 가질 필요도 없었다. 나의 고통이 치통이나 두통처럼 명확하게 이름을 가지게 될 것이었다. 그리고 남들로부터 공감받기 쉬웠을 것이다.

　나의 감정은 뿌연 안개 같은 불편함이었다. 그게 사

람을 미치고 돌게 만들었다. 나에게 상처가 된 작은 사건들의 파편이 마음을 찌를 때 한번은 용기 내서 누군가에게 이야기해보기도 했지만, 고작 이런 대답을 들어야 했다. "옛날 부모들은 먹고살기 힘들어서 다 그랬어. 이혼 안 한 게 어디야…."

동네 작은 의원에서 할머니가 진찰받는 모습을 본 적이 있다. 어디가 편찮은지 의사 선생님이 묻자 할머니는 이렇게 대답했다. "눈도 침침하고, 다리도 아프고, 어제는 머리가 아파요. 다 아파." 의사 선생님은 어디가 아픈지 정확하게 이야기해야 진료를 한다고 했다. 할머니는 결국 비타민 수액을 맞고 집에 가셨다. 그 모습을 보고 나는 생각했다. 나의 부모님에 대한 감정을 누군가에게 이해받는다는 것은 불가능한 것인가 보다.

그래서 혼자 답을 내보려고 아등바등거렸다. 이 감정에 이렇게나 집착한 이유는 우울증의 뿌리가 여기에 있을 것이라 판단했기 때문이다. 다시는 우울증의 늪에 빠지고 싶지 않았다. 무엇보다 아이들을 잘 키우고 싶었다. 아이를 키우다 보면 어린 시절이 자꾸 떠올랐는데 그때마다 감정을 주체하기 힘들었다. 못난 엄마의 해결

하지 못한 감정이 아이들에게 분명하게 영향을 미치고 있었다.

　나는 오늘 마음먹었다. 우리 부모님을 정확하게 점수 매기기로. 엄마의 음식, 아빠의 노력, 내 눈앞에서 부부 싸움을 한 일 모두 평가를 받게 될 것이다. 앞으로 내 머릿속의 모든 기억을 탈탈 다 털어낼 것이다. 그리고 그 사건들마다 마이너스 플러스 점수를 매길 것이다. 최종적으로 70점 이상이면 부모님께 잘할 거다. 일주일에 한 번씩 전화하고 자주 찾아뵐 거다. 70점 밑이면 과락이다. 지금처럼 최소한의 도리만 하고 살 거다. 지금처럼 한 달에 한 번 정도 전화를 하고 1년에 두 번, 설날과 추석에만 찾아갈 것이다. 옷도 갈아입지 않고 서둘러 점심만 먹고 시댁으로 도망칠 거다. 늘 그랬듯이 위 속에 음식을 욱여넣고 시댁 안마 의자에서 소화시킬 것이다.

　새벽 5시에 일어나 가장 먼저 떠오르는 감정이나 생각을 적을 것이다. 그러고 나서 한 달 뒤 평가할 것이다. 70점을 넘는지 안 넘는지. 조용히 빨리 끝내고 싶다. 엄마가 집에 안 들어오고, 엄마 아빠가 싸우고, 나는 구석에서 울던 기억을 온 세상에 떠들고 싶은 사람은 없을 것이다. 나는 이미 여러 번 실패했다. 인도를 여행하면서 부모님에 대한 감정에 답을 내야지, 자취를 시작해서 물리적으로 멀어지면 답이 나오겠지, 아이를 키우면서 답을 내야지… 모두 실패했다. 피할 수만 있다면 나는 이 감정과 정면으로 마주하고 싶지 않다. 이번에는 끝장을 보고 싶다.

제주도에 사는 58년생 김정자와 61년생 전종덕은 눈물 콧물 흘리며 내 앞에 무릎 꿇고 싹싹 빌게 될 것이다. 생각만 해도 기분이 좋다.

엄마의 취미 생활

❖ ❀ ✛ ✿ ❋ ✳

엄마가 말을 하면 대부분 고개를 절레절레하게 된다. '학을 뗀다'라는 표현을 처음 들었을 때 무릎을 탁 쳤다. 나는 엄마의 직설화법에 학을 뗐다. 종종 엄마의 말에 웃게 될 때가 있었다. 빙그레 미소 짓게 되는 웃음이 아니고 푹! 소리가 나는 웃음이다. 때로는 밥을 먹다가 캑! 하고 웃게 된다.

그날은 샤부샤부를 먹었다. 당시 남자 친구, 지금의 남편을 엄마에게 처음 소개해주는 자리였다. 나, 남자 친구 그리고 친언니. 우리 셋은 이미 한편이었고, 엄마를 설득하기 위한 자리였다. 긴장한 남편이 화장실에 간 사이 엄마는 말했다.

"예의 바르고 인상도 좋고 괜찮다게. 겐디이 춤춘덴
허지 않아시냐? 춤추는 사람 못 쓴다게."
(예의 바르고 인상도 좋고 괜찮네. 그런데 춤춘다고
하지 않았니? 춤추는 사람은 안 된다.)

샤부샤부 칼국수를 먹다가 웃음이 터져서 면발이
콧구멍으로 나올 뻔했다. 엄마가 남편의 취미 생활인 스
윙 댄스를 문제 삼은 것이다.

엄마가 춤바람이 난 건 내가 초등학생일 무렵이다.
언젠가부터 엄마는 치마를 입고, 살구색 스타킹을 신기
시작했다. 허벅지까지 올라오는 스타킹이 내려오지 않
게 하려고 십 원짜리 동전을 스타킹 끝에 돌돌 말아 신
었다. 화장까지 예쁘게 하면 엄마는 단연 돋보였다. 그
렇게 동네 아줌마들과 함께 춤을 배우러 다녔다.

어느 날 엄마와 아빠가 크게 싸웠다. 싸움이 크다
작다의 기준은 물건을 던지느냐 안 던지느냐다. 크게
싸우는 날은 물건을 던졌다. 그날 아빠는 집에 있는 물
건을 모두 집어 던졌다. 아빠는 국민학교 시절에 피구

선수였다고 한다. 던지는 족족 다 작살이 났다. 난 유리 조각이 무서워서 동네 어귀에 나가 있었는데 앞집 문 앞에서도 엄마 아빠 싸우는 소리가 들려서 창피했다. 동네 어른들이 나에게 제발 말을 걸지 않았으면 했다. 말을 걸면 눈물이 날 것 같았다. 그리고 울어봤자 다시 저 집으로 들어가야 하기 때문이다. 그날 이후로 엄마는 치마를 입지 않았다. 바지만 입었다. 엄마가 바지를 입고 나가면 나는 마음이 놓였다.

원투 스리 앤드 포, 원투 스리 앤드 포. 도무지 상상이 안 된다. 아무리 상상력을 발휘해봐도 정자가 리듬에 맞춰 춤을 추는 모습이 상상되지 않는다. 엄마가 생닭을 탁탁 자르거나 10킬로그램짜리 귤 상자를 척척 나르는 모습만 나에게 익숙했다. 어쩌면 나는 엄마에 대해서 아는 것이 별로 없는지도 모른다.

엄마는 자주 이모와 통화했다. 두 살 어린 유일한 자매와 자주 통화했다. 소파 옆에 쭈그려 앉아 거실 전화기를 들고 이런저런 이야기를 했다. 엄마가 이모와 통화를 시작하면 나는 거실 책장에서 책을 하나 꺼내 들고 멀찍이 앉았다. 그렇게 책을 읽는 척하면서 이야기를 엿들었다. 엄마는 우리에게 하지 않는 말을 이모에게는 모두 다 했다. 엄마는 "그냥 나도 숨 좀 쉬고 싶었다"고 했다. 자기도 매일 술 마시러 다니니까 나도 이제 취미 생활을 하나 하고 싶었다고 했다. 엄마는 울고 있었다.

스물아홉에 결혼한 나는 세 살 터울의 아들을 둘 낳았다. 육아가 버겁고 힘들 때면 책을 읽었다. 책 속 남자 주인공과 데이트를 하기도 하고, 책 속에서 아주 먼 곳으로 모든 것을 훌훌 버리고 여행을 떠나기도 했다.

그럴 때면 나는 자주 나의 엄마, 정자가 생각났다.

아빠는 피구왕 통키

✤✲+✿✻✻

누군가와 가까워진다는 것은 그 사람의 사연을 아는 것이다. 그 사람이 그렇게밖에 행동할 수 없었던 배경과 감정을 이해하는 것이다. 글을 쓰면서 알게 되었다. 나는 아빠에 대해 아는 게 거의 없다. 아빠의 사연을 모른다. 대화를 많이 나누지 않았기 때문이다. 그래서 아빠가 한 행동들에 대해서 이해하기 힘든 것 같다.

어느 주말 아침이었다. 아빠는 나를 부르더니 컴퓨터 프린터는 쓰려고만 하면 고장이라고 툴툴거렸다. 고장이 나면 말을 해야 고치는데 이야기를 하지 않아서 쓰려고 보면 또 고장이라고 했다. 어제도 그제도 그끄

저께도 아빠가 술 마시고 늦게 들어와서 이야기하지 못했다고 말하려다가 말았다. 어릴 때는 아빠가 무서워서 말을 안 했고, 조금 크고 나서는 아빠를 무시해서 말을 안 했다. 그렇게 우리 둘은 점점 더 말이 없어졌다.

물론 엄마와도 이야기를 많이 나누지 않았다. 하지만 정자의 사연은 모두 알고 있었다. 엄마와 이모가 대화하는 것을 항상 엿들었기 때문이다. 이모네 집에 놀러 가면 자장면을 먹을 수 있었다. 나는 자장면을 먹는 척하면서 이야기를 엿들었다. 서귀포 바다를 보면서 물질 나간 해녀 엄마를 기다리던 정자 이야기를 들었다. 할머니가 물질해서 잡아 온 물고기를 할아버지가 먹고 외삼촌들이 먹고 침만 꼴깍꼴깍 넘기던 정자를 상상할 수 있었다. 매일매일 술을 마시는 할아버지를 보며 여기에서 탈출할 수 있는 유일한 방법인 백마 탄 '제주시 남자'를 꿈꾸던 스물다섯 살의 정자를 상상할 수 있었다. 그래서 나는 정자를 조금 더 이해하는지도 모른다.

국민학교 시절 꿈나무 피구 선수였던 61년생 종덕은 국가 대표 피구 선수가 되지 못한 꿈을 집에서 펼쳤다. 화가 나면 분을 참지 못하고 물건을 던졌다. 오징어 젓갈이 담긴 유리 반찬통을 던졌다. 하얀 벽에는 빨간 자국이 남았고 며칠이 지나도 냄새가 났다. 아빠가 왜 오징어 젓갈이 담긴 반찬통을 던졌는지 나는 모른다. 내가 기억하는 것은 무릎을 꿇고 걸레로 바닥을 닦던 엄마다.

아빠는 국가 대표 피구 선수가 되어야 했다. 꽤 실력이 좋았기 때문이다. 화에 못 이겨 물건을 손에 잡히는 대로 던지는 것 같았지만 자세히 보면 비싼 물건은 건들지 않았고, 또 엄마를 향해 정통으로 맞히지도 않았다. 물건들은 아주 정확하게 엄마를 피해 갔다. 엄마에게 물건을 던지지 않는 것은 다행이기도 했고 불행이기도 했다. 정자도 맞으면서까지 결혼 생활을 이어갈 사람은 아니었기 때문이다. 아빠가 물건을 던질 때면 엄마를 피해 가서 다행이라고 생각했다. 그리고 동시에 크게 다치지 않을 물건이 하나만 엄마 몸에 맞았으면 하고 생각하기도 했다. 하지만 피구왕 통키는 정확했다. 모든 물건은 엄마를 피해 갔다. 그래서 엄마는 한숨을 쉬면서도 깨진 유리병을 치우고 바닥을 닦았다. 그리고 다음 날은 이모에게 전화했다.

아빠에게 들은 이야기는 없지만, 힌트가 될 만한 단서들이 있다. 예순이 넘은 아빠가 아흔이 다 되어가는 할머니와 아직도 사이가 좋지 않다는 것이다. 할아버지의 두 번째 부인이었던 할머니와 배다른 형제 세 명 사이에서 아빠의 어린 시절이 어땠는지 나는 모른다.

피구왕 통키의 전성기는 그리 오래가지 못했다. 아빠는 나이가 들어갔고 엄마는 돈을 벌기 시작했다. 아빠는 힘이 약해졌고 엄마는 힘을 키웠다. 그렇게 힘의 균형이 맞춰졌다. 아이들은 엄마에게 마음이 기울어 있고, 정자는 돈까지 벌기 시작했다. 물건을 던졌다가는 자신이 낙동강 오리알 신세가 될 거란 걸 파악했다. 아니, 낙동강 메추리알도 안 될 것이라는 판단이 섰을지도 모른다. 피구왕 통키는 이렇게 비참하게 은퇴했다. 나는 그 후로 아빠가 물건 던지는 모습을 보지 못했다. 은퇴한 피구왕은 술을 더 마셨다. 그리고 담배를 하루에 한 갑씩 피웠다.

나는 글을 쓰며 상처를 떼어낸다.

엄마는 이모와 통화하며 상처를 토해낸다.

아빠는 술로 상처를 씻어낸다. 담배를 피우며 상처

를 태운다.

　　나는 여전히 아빠가 담배를 뻐끔뻐끔 피우는 모습
이 보기 싫다.

　　그의 사연을 모르기 때문이다.

정신과는 2층입니다

❖ ❖ ✛ ❖ ❖ ❖

정신과 치료를 받으러 가는 길이었다. 버스에서 자리를 양보해드리자 할머니가 나를 보며 웃으신다. "대학생 때가 참 좋을 때야. 제일 좋을 때야. 화장 하나 안 해도 예쁠 때야." 이 말을 듣고 다리에 힘이 풀린다. 가장 시궁창 같은 지금이 인생에서 가장 좋을 때라니.

아침에 눈을 뜨는 것보다 밤에 잠이 오지 않는 게 힘들다. 가만히 누워 있으면 머리에 빙글빙글 생각이 돌아가는데, 보통 레퍼토리가 비슷하다. 앞으로도 이렇게 건강은 점점 나빠질 것이다. 폐결핵은 재발할 것이고, 지독한 변비는 대장암으로 진행될 것이다. 지방대를 나와서 취업하느라 고생할 것이다. 예전에 누군가가 나에게 했던 날카로운 말을 곱씹고 또 곱씹으며 생각은 변형되고 과장된다. 그렇게 내가 나에게 상처를 준다. 할머니의 말대로 '화장을 하나도 안 해도 예쁜 시절' 나는 우울증과 불면증으로 약물 치료와 상담을 받았다.

젊은 여자 선생님이셨다. 의자에 멀뚱멀뚱 앉아 있는 나에게 던진 첫마디는 이랬다.

"마음먹고 여기까지 오는 데 용기가 많이 필요했을 거예요. 잘 오셨어요."

선생님은 나의 모든 이야기를 들어주었다. 말을 끊지도 않고 재촉하지도 않고 다 들어주었다. 아주 어릴 때는 심리적으로 상처를 받아도 그 상처가 잘 드러나지 않는다고 한다. 심지어 신체적 학대를 받은 아이도 성인이 되기 전에는 정신적인 문제가 잘 발현되지 않기도 한다. 마음 깊은 곳에 묻혀 있던 상처는 내가 그 상처를 스스로 치료할 수 있을 만큼 힘이 생긴 성인이 되어서야 발현된다고 한다. 선생님은 이런 사실을 나에게 천천히 설명해주었다. 나의 우울증이 결코 내가 나약하거나 배가 불러서가 아니라는 점을 반복해서 말해주었다.

주기적으로 피검사를 하고 호르몬 수치를 체크했다. 호르몬 수치를 보고 약을 처방받았다. '정신'은 눈에 보이지 않고 난해했다. 정신 상태를 호르몬 수치로 계산하고 결과가 숫자로 나온다는 점이 나를 묘하게 안심시켰다. 나의 뿌연 정신이 '우울증'이란 이름을 가지게 되었다. 세상에는 수많은 우울증 환자가 있고, 완치하고 일상생활을 잘 해나가는 수많은 사람이 있다는 점도 나를 안심시켰다.

다행히도 나는 약효가 좋았다. 집 앞에 쓰레기를 버리러 가는 것, 이틀에 한 번 머리를 감는 것, 일주일에 세 번 운동을 나가는 것, 하루 세끼 제시간에 밥을 차려 먹는 것이 가능해졌다. 그리고 본격적인 상담이 시작되었다.

먼저 지난 2주 동안의 생활을 이야기했다. 일주일에 세 번 운동을 했고, 친구를 만나 밥을 먹었고, 2킬로그램이나 빠졌다고 말했다. 잠은 얼마나 자고 스스로 느끼는 컨디션은 어떤지 말했다. 다음으로 지금 내가 느끼는 생각과 감정에 대해서 말했다. 나는 20년이 넘도록 내가 어떤 감정을 느끼는지 몰랐다. 내가 느끼는 게 행복인지, 설렘인지, 분노인지, 서운함인지 모르고 살았다. 그저 남이 좋다 하면 나도 좋았고, 남이 싫다 하면 나도 싫었다. 지금 내가 어떤 감정을 느끼는지 바라보고 그것에 분노, 행복, 설렘, 두려움이란 이름을 하나씩 붙여줘야 했다. 제2외국어를 배우듯이 하나씩 배워나가야 했다.

조용히 이야기를 듣던 선생님은 어느 날 나에게 물었다.

"진아 씨, 남자 친구 있어요?"

지금 생각해보면 나를 좋아하던 남자 중에는 꽤 괜찮은 사람도 있었다. 나의 젊고 아름다웠던 그 시절을 더 선명하게 기억하게 해주었을 남자들이 있었다. 하지만 나는 많은 기회를 놓쳤다. 만나지 못했다는 표현이 정확하겠다. 누군가와 가까워지는 것이 버거웠다. 누군가 좋아지다가도 그 사람이 나를 좋아한다고 하면 갑자기 마음이 확 하고 변하기도 했다. 호감이 가다가도 '아빠와 비슷한 모습'이 보이면 갑자기 정이 확 떨어지기도 했다. 술을 좋아하고 친구를 좋아하는 모습이

나, 과장해서 부풀려 말하는 모습이 특히 그랬다. 연하의 남자에게는 전혀 마음이 가지 않았다. 아빠는 엄마보다 세 살 어렸다.

아빠는 술을 자주 마시고 친구들을 좋아했다. 다혈질이었다. 하지만 책임감이 강하고, 성실했다. 호탕하고 사교적이었다. 아빠를 조금도 닮지 않은 사람은 찾는 것은 불가능했다. 의식적으로, 무의식적으로 나는 아빠와 닮은 남자들을 체에 걸러냈다. 그 체가 너무나 촘촘했다. 그래서 남자를 사귀기 힘들었다. '아빠는 아빠고 이 사람은 이 사람이다'라는 사실을 받아들이는 데 오랜 시간이 걸렸다. 두 사람은 완전히 다른 사람이며, 술을 좋아하는 사람이라고 해서 모두가 술에 취하면 오징어 젓갈이 담긴 반찬통을 던지지 않는다. 이 사실을 알게 되는 데 참 오랜 시간과 많은 경험이 필요했다.

선생님이 던진 두 번째 질문은 이랬다.
"부모님이 진아 씨 병원 다니는 거 알아요?"

부모님은 몰랐다. 아마 지금도 전혀 모를 것이다. 내가 미성년자여서 진료 기록이 부모님께 전달되었다면 나는 애초에 병원에 다니지도 않았을 것이다. 왜 부모님께 말하지 않았냐는 질문에 나는 반사적으로 대답했다.

"걱정할 것 같아서요."

하지만 사실이 아니었다. 2주치 약봉지를 들고 2층 병원에서 내려왔다. 혹시나 누가 보는 사람은 없겠지. 약봉지를 가방에 쑤셔 넣고 1층 편의점으로 자연스럽게 들어갔다. 편의점에서 초콜릿을 하나 샀다. 손에 커다란 초콜릿을 들고 있으면 정신과가 아니고 편의점에서 나온 것처럼 보일 거다.

버스에 앉아 초콜릿을 깠다. 내가 부모님께 이야기하지 못하는 이유는 걱정할 것 같아서가 아니다. 어차피 말해봤자 공감이나 위로를 받지 못할 것이기 때문이다. 내가 내 모습 그대로 이 집에서 완전히 공감받고 받아들여지지 않는다는 사실을 다시금 확인하는 게 두렵기 때문이다. 눈물은 짜고 초콜릿은 달다.

부모의 싸움이 아이에게 미치는 영향

❀ ❊ ✛ ❁ ❀ ❋

어릴 때는 엄마 아빠가 싸우면 울면서 말렸다. 불안하
고 무서웠다. 정말이지 오장육부가 모두 다 파괴되어버
리는 느낌이었다. 중학생 정도 되니까 더 이상 말리지
않게 되었다. 방문을 쾅 닫고 내 방으로 들어가버렸고
싸우는 소리를 들으면서 속으로 한심하고 추하다고 생
각했다. 중학생이 되어서는 더 이상 엄마와 이모의 통화
를 엿듣지도 않았다. 내가 둘의 대화에 관심이 없어진
건지, 아니면 엄마가 이젠 다 커버린 내 앞에서 통화를
조심하게 된 건지는 모르겠다.

두 사람이 왜 싸웠는지 이제 더 이상 중요하지 않

다. 그저 남녀 사이에 있을 수 있는 흔한 불행이었다. 나에게는 부모님이지만 사실 그냥 사랑하고 싸우고 화해하는 남녀라고 생각하면 있을 수 있는 일이다. 세상에는 다양한 사람이 있고, 다양한 사랑이 있으니까.

다만 나에게 상처가 된 것은 '엄마 아빠가 싸우는 모습을 아직 어렸던 아이에게 보여준 것'이다. 엄마 아빠가 처했던 상황은 내가 커가면서 대체로 이해하게 되었지만 당시 싸움을 보며 느꼈던 마음의 상처는 자연스럽게 아물지 않았다. 어린 시절 생긴 그것은 상처인 줄도 모르고 내 몸의 일부가 되어버린다.

김정자가 짐을 싸서 먼저 집을 나간 것인지 아니면 전종덕이 쫓아낸 것인지도 모르겠다. 잠깐 동안 엄마가 외할머니네 집에서 살았던 기억만 남아 있다. 아빠는 세탁기를 돌리는 방법도 몰랐다. 아빠가 마음 넓게 용서하는 척했지만 사실 아빠도 엄마가 필요했다. 커다란 빨래 바구니에 빨래가 넘칠 때쯤 엄마는 돌아왔다. 어느 날 집에 돌아와 보니 엄마는 빨래를 널고 있었다. 우리에게 아무런 사과도 하지 않고 아무렇지도 않은 것처럼 일상이 이어졌다.

나 역시 아무렇지도 않게 일상을 이어갔다. 일어나서 밥을 먹고 학교에 가고 아이들과 깔깔 웃고 학원을 다녔다. 한 가지 바뀐 것이 있다면 그 사건 이후로 20년이 더 지난 지금까지도 전화 벨소리를 들으면 가슴이 철렁한다. 전화가 오면 보라색 빛을 내면서 빨랠래 소리를 내던 그 공포를 기억한다.

아빠는 혹시 엄마한테 전화가 오면 자기에게 꼭 말해달라고 신신당부했다. 아직도 분이 안 풀려서 전화로 또 싸우려 했던 걸까? 아니면 이제 돌아오라고 애원하고 싶었던 걸까? 아니면 세탁기 돌리는 법을 물어보고 싶었던 걸까?

하여튼 정확히 그때부터 나는 전화벨 소리에 공포에 가까운 두려움을 가지게 되었다. 전화가 오면 아빠에게 알려야 하고, 그렇게 되면 큰 싸움이 날 것 같았다. 어린 나는 어쩌면 영영 돌아오지 않을 거라는 엄마의 말을 들을까 봐 그게 무서웠는지도 모르겠다.

그때부터 나는 줄곧 전화를 무음으로 해둔다. 엄마가 너는 왜 전화하면 받지를 않냐고 성질을 박박 낸 적이 있었다. "무음으로 해둬서 몰랐어, 왜 무슨 일인데"라고 대답하며 어물쩍 넘어갔지만 말하지 못한 사실은 이렇다. 이 글은 엄마의 질문에 대한 대답이다.

정자는 와사비 같은 여자, 알싸한 매력이 있지

❖ ❖ ✢ ✿ ❖ ❋

좀처럼 마음의 갈피를 못 잡던 시절이었다. 베이징에서 기차를 탔다. 2박 3일을 꼬박 달렸다. 중국 남쪽 쿤밍에 도착했다. 두꺼운 패딩 점퍼를 입고 베이징을 떠났는데 2박 3일 기차로 달리니 봄에 도착했다. 그렇게 한 달 동안 중국 소수민족이 사는 곳을 여행했다. 중국에는 다양한 소수민족이 산다. 민족마다 자기들만의 언어가 있다. 의복과 생활 방식 모든 것이 다르다.

커다란 호수 주위에 사는 모쑤족은 모계사회다. 모쑤족 언어에는 '남편'이라는 단어 자체가 없다. 남녀는 결혼하지 않는다. 그들은 자유롭게 만나고 헤어진다.

아이를 낳으면 엄마가 키운다. 집안 최고 어른은 할머니다. 남자는 자기 집에서 누나와 여동생의 조카들을 키운다. 중국 정부는 이런 결혼 풍습이 미개하다며 일부일처제를 강요했다. 하지만 아직도 모계사회는 유지되고 있다.

김정자는 모쑤족으로 태어나야 했다. 엄마에게 세 번째 남자친구가 생긴 건 내가 대학생 때였다. 언니는 서울에서 공부하고 있었고, 동생은 군인이었다. 우리 집 3차 대전을 기억하는 것은 나뿐이다. 내가 이 기록을 남기지 않으면 이 사건은 영원히 잊힐 것이다. 의무감에 글을 쓴다.

그날 마주한 엄마의 당당함에 나는 완전히 기선을 제압당했다.

"나도 이제 나이가 오십인데 언제까지 아방 시중들멍 살 꺼니?"

(나도 이제 나이가 오십인데 언제까지 아빠 시중만 들면서 사니?)

나는 동네 호프집으로 아빠를 불렀다. 아빠와 둘만

앉아서 이야기를 나눈 것은 처음이자 마지막이었다. 아빠에게 꼭 할 말이 있었다. "아빠, 엄마랑 이혼할 거야? 할 거면 해도 돼. 이제 우리 다 컸잖아."

이 상황에서 두 사람이 이혼을 한다고 하는 게 더 자연스러웠다. 엄마의 인생도, 아빠의 인생도 이제 더 이상 내 것이 아님을 어렴풋이 알게 된 나이였다. 더 이상 나의 엄마로, 나의 아빠로 나의 부모님으로 꼭 붙어서 결혼식 자리를 채워달라고 할 수 없었다. 엄마 아빠의 행복을 끝까지 책임져줄 수 없었다.

스무 살을 갓 넘긴 나는 도무지 이해할 수 없었다. 이렇게 싸우면서도 둘 다 이혼할 생각이 없다는 점이 도무지 이해되지 않았다. 이제 와서 생각해보면 결혼 생활은 사랑과 더불어 이해관계가 얽혀 있다는 생각이 든다. 사랑만으로 시작한 결혼은 유통기한이 짧다. 이해관계만으로 시작한 결혼은 불행하다. 이상적인 결혼이란 사랑과 이해관계가 잘 어우러진 관계다. '행복한 결혼'은 사랑과 이해관계의 절묘한 조합, 그 어딘가에 있다. 결혼이 사랑만으로 유지된다고 생각했던 20대의 나는 이해하지 못했지만 사랑과 이해관계를 어우러져 생각하면 둘의 결혼 생활도 뭐 나쁘지 않았다.

행복한 가족도 있다. 불행한 가족도 있다. 행복하지는 않지만 조금이라도 덜 불행하기 위해 애쓰는 가족도 있다. 엄마 아빠는 정신과에서 부부 상담을 받았다. 전종덕이 정신과에 제 발로 들어갈 생각을 했다는 점에 손뼉을 쳐주고 싶다. 그때쯤 나도 정신과에 다니고 있었는데, 혹시 가족 할인은 안 되나 속으로 잠깐 생각했다.

사건이 어느 정도 마무리되고 엄마한테 왜 이혼하지 않냐고 물었다.

"땅뙈기 아직 아빠 명의로 되이신디 누구 좋으랜 이혼하느니?"
(부동산 아직 아빠 명의로 되어 있어. 누구 좋으라고 이혼하니?)

이혼하지 않는 이유가 자식들 때문이 아니라서 고마웠다. 자식들 때문이 아니고 부동산 명의 때문이라서 고마웠다. 만약 "너네 때문에 그냥 참고 산다"라고 대답했다면 나는 아주 불행한 삶을 살았을 것이다. 배낭을 메고 혼자 여행 다니지도 않았을 것이다. 모계사회를 이어가는 김정자의 후예들을 직접 보지도 못했을 것이다.

아직도 둘은 함께 산다. 그들에게 결혼이란 어떤 의미인지 나는 모른다. 자식 셋을 모두 떠나보낸 집에서 같이 아침밥을 먹는다. 각자의 하루를 보내고 집에 돌아와 함께 저녁을 먹는다. 엄마가 귤을 따면 아빠는 귤을 나른다.

엄마는 내가 공무원이 아니라고 무시한다

❖ �֍ ✢ ✿ �֍ ✳

내가 중학생이 될 때까지 아빠는 직장에 다녔다. 지금은 사기업이 된 KT에 다녔는데, 예전에는 공기업이었다. 핸드폰이 없던 때 공중전화를 관리했다. 안정적인 직장이었다. 아주 어린 시절 나의 기억 속에 아빠는 오토바이를 탔다. 한국통신이라고 써진 민트색 박스가 달린 오토바이였다. 아빠는 공중전화를 돌아다니면서 동전을 수거하러 다녔다. 아빠가 공중전화에서 돈을 수거하면 그 동전이 다 아빠 것인 줄 알았다. 길거리에 있는 공중전화가 우리 아빠 돈이 가득 들어 있는 저금통처럼 보였다.

시간이 흐르고 아빠는 경차를 타고 다녔다. 민트색으로 한국통신이라고 써진 회사 차였다. 이 차를 타고 고장 난 공중전화를 고치러 다녔다. 술 취한 사람이 공중전화 유리문을 부수어놓으면 출동해서 유리를 치우기도 했다. 하루는 아빠가 퇴근했는데 손에 붕대가 칭칭 감겨 있었다. 유리가 깨져서 고치다가 다쳤다고 했다. 아빠가 다쳤으니까 출근을 안 할 테니 아빠랑 놀 수 있겠다 생각했는데 아빠는 다음 날에도 어김없이 출근했다.

시간이 더 흐른 뒤, 회사 차가 아니고 우리 아빠 차가 생겼다. 현대 로고가 박힌 회색 악센트였다. 주말이면 아빠는 집 마당에서 차를 닦고 또 닦았다. 바퀴에 쌓인 먼지도 털어내고 유리도 깨끗하게 닦았다. 아빠는 그때부터 양복을 입고 회사로 출근했다. 더 이상 파란색 회사 점퍼를 입지 않았다. 단정한 양복을 입고, 깨끗한 셔츠를 입고 출근했다.

아빠가 회색 악센트를 타고 출근하던 그때쯤 우리 집은 넉넉했다. 엄마 아빠가 사이가 제일 좋았던 때이기도 하다. 나는 어린 나이에 돈이 얼마나 좋은 것인지 알아버렸다. 아빠가 양복을 입고 나서부터는 집에서 좀처럼 싸우는 소리가 나지 않았다. 하루는 엄마가 자기 친구들을 우르르 아빠 회사에 데리고 간 적이 있었다. 친구들이랑 '우연히' 회사 옆을 지나가다가 아빠 개인 사무실에 들러서 커피를 한잔 마시고 왔다고 했다. 설날과 추석이면 우리 집에 과일 상자가 쌓였다. 우리 집에 놀러오는 회사 아저씨들은 커다란 과자 선물 상자를 들고 왔고, 어린 우리 삼 남매의 손에 용돈을 챙겨주었다.

아빠는 고작 1년, 개인 사무실을 가졌다. 어느 순간 출근할 때도 퇴근할 때도 한숨을 쉬었다. 담배도 더 많이 피웠다. 엄마 아빠는 '명예퇴직' '퇴직금' 같은, 당시의 나는 잘 이해하지 못했던 단어들을 써가며 대화했다. IMF였다.

'아빠가 회사에서 잘렸구나….' 초등학교 고학년쯤이었던 것 같다. 나는 조용히 눈치를 챘다.

부모님은 우리 집의 재정 상태를 말로 표현한 적이 없었다. 하루 세 끼 밥을 굶지 않고 먹었고, 밭에 둘러싸인 아주 외진 곳이기는 했지만 우리 집이 있었다. 작은 마당이 있었고 이사 걱정을 하지 않아도 되었다. 회사

이름이 써지지 않은 우리 아빠 차도 있었다. 그래서 나는 우리 집이 꽤 잘사는 편인 줄 알았다. 친구들 모두 고만고만 농사를 짓는 촌 동네에서 살아서 비교 대상이 없었는지도 모르겠다.

아빠가 매일 아침 입고 출근하던 양복에는 먼지가 쌓여갔다. 주말이면 거실에 앉아서 물을 칙칙 뿌리고 다리미로 아빠 셔츠를 다리던 엄마의 모습도 볼 수 없게 되었다. 아빠는 자고 일어나면 사각팬티에 하얀 러닝셔츠를 입고 담배를 뻑뻑 피우면서 집 안을 어슬렁거렸다. 더 이상 아빠에게서 남자 스킨 냄새가 나지 않았다. 느지막하게 일어나서 담배를 피우다가 후줄근한 옷으로 갈아입고 밭으로 갔다. 부업이었던 농사가 주업이 되면서 아빠는 더 빨리 늙어갔다. 주말에 친척 결혼식이 있을 때나 아빠가 양복 입는 모습을 볼 수 있었다. 아빠가 회사에 다닐 때는 주말에 밭일을 나갈 때 입는 허름한 갈옷이 어울리지 않았는데, 전업 농부가 되고 나니 갈옷이 맞춤옷처럼 어울렸다. 어느샌가부터 양복 입은 모습이 더 어색하게 느껴졌다.

그때부터 엄마도 일을 시작했다. 고등학교도 졸업하지 못한 엄마가 할 수 있는 일이라고는 음식을 만드

는 것밖에 없었다. 엄마는 학교 급식실에서 일했다. 주
중에는 주방 일을 하고 주말에는 아빠와 함께 밭일을
했다. 엄마와 아빠는 자주 싸웠다. 여름에도 더운 급식
실에서 일하는 엄마가 안쓰러우면서도, 일을 나가는 편
이 엄마에게도 좋을 거란 생각이 들었다. 집에서 싸우느
니 그냥 일하러 나가는 편이 나을지도 모른다.

아빠는 술을 진탕 마시고도 다음 날이면 또 일어나
서 일했다. 엄마도 매일 일했다. 우리 집 사정은 조금씩
좋아졌다. 아빠는 예전보다 술을 더 많이 마시고 담배
를 더 피웠다. 엄마 아빠는 싸우고 싸우고 또 싸웠지만
우리 삼 남매는 모두 4년제 대학을 나왔고, 매끼 밥을
거르지 않았다.

엄마가 난데없이 전화해서는 "공무원이 최고"라고
이야기한다. 9급 행정직 공무원 시험에 합격한 친구 아
들 이야기를 하다가 결국 에효 하고 한숨을 쉰다. 자식
을 셋이나 낳았는데 공무원이 하나도 없기 때문이다. 초
등학교 선생님이 된 내 친구를 보면서 "그 집 엄마는 자
식 농사 성공해신게"라고 말한다. 소방 공무원이 된 남
동생 친구에게는 "그렇게 안 봤는데 머리도 좋고 야무

지다"라는 찬사를 보낸다.

엄마 눈에 나는 언제나 '뭘 하는지 모르겠는 아이'이자 '쓸데없이 바쁜 아이'다. 엄마 기준에 나는 성공한 인생이 아니다. 글을 쓴다느니, 영상을 만든다느니, 강의를 한다느니 엄마 생각에 둘째 딸은 불합격, 땡이다. 공무원이 아니기 때문이다. 공기업도 안전하지 않은 직장이고 공무원이 되어야만 행복할 수 있다고 생각하기 때문이다.

"엄마, 안정적인 직장이 도대체 어디 있어. 아빠도 짤렸잖아."

"야인 무신! 공기업이니까 잘리지. 공무원은 안 잘린다게."

(얘는 무슨! 공기업이니까 잘리지. 공무원은 안 잘린단다.)

전화를 끊고 조용한 거실 소파에 가만히 앉아 빨간 자두를 베어 먹고 있으니 눈앞에 젊은 엄마가 보인다. 사모님 소리를 고작 1년 들었다. 시집 와서 아이 셋 낳아 키우고, 매일 아침 남편의 밥상을 차려주었다. 고작

1년. 남편 덕 조금 보나 싶었더니 주방보다 더 큰 급식실에서 산처럼 쌓인 설거지를 시작했다. 엄마의 공무원 타령을 이해하려 애써본다.

이제, 아빠와 끝이구나 생각했다

✤ ✳ ✝ ✿ ✽ ✳

내 인생에 누군가에게 큰소리로 화를 내본 기억은 그때
가 유일하다. 썩은 동아줄을 잡고 간당간당 이어가던
아빠와의 관계는 그날 싹둑 잘려버렸다. 스물아홉 겨울
이었다.

스물일곱 살, 낮에는 대학원 수업을 받고, 저녁에는
아르바이트를 하고, 새벽까지 대학원 과제를 하며 지냈
다. 소개팅 약속을 했는데, 과제가 산더미라 나갈까 말
까 고민했다. 국방색 스판바지에 도서관 갈 때 입는 사
슴이 그려진 7부 티셔츠를 입고 약속 장소로 나갔다. 스

테이크 집 1층에서 만나기로 했다. 택시에서 내리니 소개팅 남이 기다리고 있었다. 딱 봐도 소개팅하러 나온 남자가 거기 서 있었다. 머리에 무스를 잔뜩 바르고 나왔다. 혜진 언니가 입에 침이 마르도록 칭찬하던 그 남자였다.

언니가 같은 회사, 같은 부서의 이 남자를 칭찬할 때면 나는 말했다.
"언니, 그럼 언니가 그 남자랑 결혼해."

그럼 언니는 대답했다.
"진아야, 진짜 다 좋은데 내 스타일은 아니야. 난 외모 보잖아."

스테이크 집에 가기로 약속했었는데, 그냥 2층 샤부샤부 집에 가자고 했다. 밥이나 배 터지게 먹고 집에 가야지. 국방색 바지를 입고 나오길 잘했다. 스판이어서 칼국수 사리까지 먹어도 허리가 쭉쭉 늘어났다.
소개팅 남은 기숙사까지 데려다주겠다고 했다. 저기 길가에 그의 차가 세워져 있었다. 보자마자 피식 웃음이 나왔다. 이 남자와 너무 잘 어울렸다. 민트색 레이였다. 며칠 전에 샀다고 했다. 아직 뒷좌석의 비닐은 뜯지도 않았다. 입사하고 모은 돈으로 일시불로 샀다고 했다.

'이 남자를 계속 만나게 되면 결혼하겠구나' 하는 생각이 들었다. 왜인지는 모르겠다. 그냥 그런 생각이 들었다. 두 번 만나게 될지 말지는 모르지만, 그냥 몇 번 만나다가 끝나지는 않겠구나 생각했다. 나를 기숙사에 내려주고 갔다. 다음 날에도 그다음 날에도 기숙사에 왔다. 아르바이트 장소까지 데려다주고 떠났다. 아르바이트가 끝나면 도서관까지 데려다주고 또 떠났다. 자연스럽게 우리는 결혼하기로 했다. 스물아홉 겨울이었다.

아빠는 우리의 결혼을 결사반대했다. 나는 아빠에게 물었다.

"사람 착하고, 직장 안정적이고, 우리랑 집안도 비슷하잖아. 뭐가 문젠데?"

아빠는 대답했다.

"남자가 집을 해 와산다. 햇살림에 빚정 보낼 수는

어쩌."

(남자가 집을 해 와야지. 빚지고 시작하는 결혼은 반대다.)

손이 부들부들 떨렸다. 아빠와 간당간당 이어가던 마음속 썩은 동아줄이 활활 타버렸다. 평생 누구와 크게 싸워본 기억이 없다. 화가 나면 눈물이 먼저 나서 싸움이 안 된다. 이날 처음 알았다. 사람이 진짜 화가 날 때는 눈물도 안 나는구나. 차분한 목소리로 아빠 심장에 칼을 꽂고 싸움이 끝났다. "그럼 이젠 신경 꺼. 결혼 허락해달라는 게 아니고, 그냥 결혼한다고 아빠한테 알려주는 거야."

아빠는 담배를 꺼냈고, 불을 붙였다. 담배 냄새가 역겨웠다. 나는 집을 나왔다. 남자 친구에게 뭐라고 말해야 할지 고민했다. 아빠가 집 때문에 결혼을 반대한다고 말하기가 창피했다. 아빠는 남자가 집을 해 오는 것이 당연하다고 생각하는 사람이고, 그 생각의 배경 등등 어디서부터 어디까지 설명해야 할지도 모르겠다. 그리고 무엇보다 아빠를 두둔하며 이야기할 만큼 아빠에 대한 애정이 없었다. 한참을 혼자 걸었다.

내 명의로 된 집도 없고, 물려받을 재산도 없고, 정서적인 지지도 없던 나의 인생에 단 하나 남아 있던 것은, 어쩌면 나를 살게 했던 그것은 '나의 의지대로 나의 삶을 만들어나간다는 믿음'이었다. 아빠는 나의 세상에서 가장 소중한 것을 건드렸다. 나의 모든 것을 무너뜨리려 하고 있다. 남자 친구를 불렀다. "집 안 해 오면 아빠가 결혼 안 시켜준대. 그냥 우리끼리 결혼하자."

며칠 뒤 남자 친구는 자금 계획서를 만들어 가져왔다. 2부 인쇄해서 투명 파일철에 담아 왔다. 수입이 적혀 있었고, 몇 년 뒤에 어떻게 집을 마련할 것인지 정리되어 있었다. 남편은 나를 달래고 달래서 우리 집으로 갔다. 자금 계획서를 쓱 훑어보더니, 아빠는 마지못해서 해주는 것처럼 우리 결혼을 허락했다. 아빠가 대단한 인심을 쓰는 것처럼 말할 때마다 엉덩이가 들썩거렸다. 몇 번 자리를 박차고 나갈 뻔했다. 남편이 조용히 내 등을 쓸었다. 아빠가 '귀하게 키운 둘째 딸'이란 말을 하는 대목에서는 우리 집에 나 말고 둘째 딸이 하나 더 있나 주위를 두리번거렸다.

2015년 1월 우리는 결혼했다. 엄마는 구석에서 축의금을 세면서 웃고 있었다. 아빠는 울었다. 혼자 눈이 빨개지도록 울고 있었다. 남편이 만들어 가져온 자금계획서에는 '5년 뒤 아파트 구매 예정'이라고 적혀 있었다. 결혼 당시 나의 전 재산은 304만 원이었고, 남편은 학자금 대출에 발이 묶여 있었다. 우리는 새마을금고에서 2000만 원을 대출했다. 둘 다 결혼 자금조차 없었다. 물론 아빠한테는 비밀이었다. 산더미 같은 빚을 가지고 시작한 결혼은 해를 거듭할수록 좋아졌다. 아이 둘을 낳을 때까지도 민트색 레이를 타고 다녔다. 우리가 만난 지 7년째 되는 해, 우리는 일시불로 흰색 SUV를 샀다. 다음 해 아파트도 샀다. 민트색 레이를 타고 지나갈 때면 우리는 언제쯤 이런 아파트에 살아볼까 생각하던 그 아파트를 샀다.

아파트 계약을 하던 날, 문득 아빠가 생각났다.

아빠는 결혼식장에서 울고 있었다.

나 친자식 맞아?

✤ ❋ ✛ ✿ ✲ ✳

설, 추석에 이런저런 핑계를 대면서 친정에 안 간 지 2년
이 넘었다. 둘째가 막 태어났을 때는 아이가 너무 어려
서 안 갔다. 둘째가 기어다니기 시작했을 때는 아이가
조금 커서 가만히 품에 안겨 있지 않는다고 안 갔다. 둘
째가 두 돌을 넘겼을 때는 코로나가 유행했다. 둘째에
게 마스크를 씌우고, 공항을 거쳐 제주도까지 가기는
무리일 것 같다는 핑계가 있었다.

　이제 코로나는 국민 감기가 되어버렸고, 설상가상
으로 우리 가족 모두 불과 보름 전에 코로나에 걸렸다.
슈퍼 초강력 백신을 맞은 셈이다. 올해 추석을 꼼짝없이

제주도 친정에 가야 하게 생겼다.

"엄마, 다음 주에 제주도 가맨, 수요일에 들렀다가 시댁에 갈게."

"응, 경허라. 집으로 오지 말고, 식당에서 밥 먹고 가게."

(응, 그렇게 해. 집으로 오지 말고, 식당에서 밥 먹고 가자.)

어쩜 저렇게도 정이 없을까. 일단 "응, 경허라"부터 빈정이 상한다. 2년 만에 딸과 유일한 손자 둘을 만나는데 어쩜 저럴까 싶다. 내가 원하는 엄마의 반응은 이런 것이다. "우리 딸이랑, 손자들이랑 올해는 볼 수 있겠네~~" 이렇게 말하며 팔짝팔짝 뛰었으면 좋겠다. 한술 더 떠서 "우리 애들 볼 생각하니 너무 기분이 좋구나" 하면서 표현해주면 좋겠다. 전화를 끊자마자 마트로 달려갔으면 좋겠다. 마트에서 전복이랑 한우도 잔뜩 사고, 다음 날 새벽 5시에 일어나 부두로 가서 방금 잡아온 싱싱한 갈치랑 한치도 잔뜩 사 왔으면 좋겠다. 우리가 도착하기 하루 전부터 갈비탕을 끓이고, 당일 새벽부터 일어나 진수성찬을 차려야 된다. 물론 장을 보고, 요리하는 내내 엄마의 얼굴에 미소가 끊이지 않아야 한다. 콧노래도 흥얼거리면서 엉덩이를 씰룩이면서 요리해야 된다.

누가 '사위는 백년손님'이라 했는가. 김정자 여사에게는 사위고 뭐고 없다. 둘째 아이가 어릴 때 나와 둘째는 집에 있고, 남편과 첫째 아이만 제주도에 인사하러 간 적이 있었다. 그때도 엄마는 동네 식당에서 돈가스를 사줬다.

"김서방 돈가스 맛 좋다고 잘 먹더라. 여러 가지 차려놔봤자 다 먹지도 않고 음식물 쓰레기만 된다게."
'…'

우리 집에 윤석열 대통령이나 프란치스코 교황이 방문한다고 해도 이렇게 말할 사람이다.

"평일 9시부터 6시까지는 출근하고예, 월수금 저녁 7시부터 8시까지는 요가 수업이 이서부난 그 시간은 피해서 옵써."

(평일 9시부터 6시까지는 출근해요. 월수금 저녁

7시부터 8시까지는 요가 수업이 있어서 그 시간은 피해서 오세요.)

엄마는 정이 없다. 게다가 저 당당한 태도도 싫다. 우리 엄마는 조선 시대 후기 정약용도 울고 갈 실용주의자다. 음식을 차려봤자 남기기만 하고, 게다가 먹는 음식은 얼마 되지도 않는데 장을 보고, 음식을 만드는 데 시간이 너무 많이 든다는 거다. 맛있는 음식을 나보다 요리를 잘하는 사람이 만들어주고, 치울 필요도 없는데 왜 식당에 가지 않는지 나에게 묻는다. 더는 말하기 싫다. 저 말투도 싫다. 무엇보다 이런 엄마의 모습에서 나의 고치고 싶은 단점을 그대로 보는 게 지옥이다. 사실 엄마 말은 틀린 게 하나도 없다. 엄마는 효율적인 사람이다. 내가 스스로 고치고 싶은 단점을 그대로 보여준다.

어쩌면 잘되었다 싶다. 같이 있는 시간이 길어지고 오가는 말들이 많아지면 항상 마음에 앙금을 남기는 우리 가족. 그냥 식당에서 얼른 밥 먹고 헤어지는 게 나은 걸지도 모른다. 그날 오후 오랜만에 반가운 친구한테서 전화가 왔다. 이런저런 두서없는 이야기를 하는데 친구가 이런 말을 한다.

"부모한테 사랑을 주러 온 자식이 있고, 사랑을 받으러 온 자식이 있대."

내 마음속에 뚱해 있던 작은 아이가 힐끔 전화 소리를 엿듣는다. '사랑을 주러 온 자식'이란 말이 산스크리트어처럼 아랍어처럼 생소하게만 느껴진다. 나는 '부모는 자식에게 넘치도록 사랑을 주기만 하고, 자식은 받아야 한다'고 생각했는지도 모르겠다. 내가 생각한 부모 자식은 그래야 한다고 믿었는지도 모르겠다. 동네 성당을 지날 때면 아기 예수를 품에 안고 꽃처럼 웃고 있는 성모마리아 상의 미소가 보인다. 어린 예수가 흰 벽에 알록달록 크레용으로 낙서를 마구 해도, 침대 매트리스에 요거트를 쏟아도 웃을 것 같은 표정이다. 나는 저 성모마리아 같은 엄마를 원했는지도 모르겠다. 전화를 끊고 친정집 근처 정관장 매장에 전화해서 '홍삼정 추석 선물 세트'를 주문했다. "엄마, 큰길 사거리에 있는 정관장에 홍삼 주문해놨으니까 김정자 이름으로 찾아가."

내가 선물을 해주면 엄마가 넙죽 잘 받기라도 했으면 좋겠다. 넙죽넙죽 잘 받으면서, '뭐 조금 더 사달라고, 이것도 사주고 저것도 사다오' 했으면 좋겠다.

그럼 엄마를 마구 미워할 수 있으니까.

자식에게 주지는 않고 받기만 하는 엄마는 당연히 미워해도 되니까.

내가 뭘 사서 주면 엄마는 잘 받지를 못한다. 고맙다는 말은 못 하고, 자꾸만 요즘 너 일하냐, 왜 또 돈을 썼냐, 이거 얼마냐, 왜 이렇게 비싼 걸 샀느냐며 괜히 자꾸 묻는다. 엄마는 사랑을 주는 데도, 받는 데도 익숙하지 않다.

서귀포 어촌 마을 가난한 집에서 육 남매 중 셋째 딸로 태어나서, 해녀인 엄마가 생선을 잡아 오면 오빠들이 줄줄이 먹고 침만 꼴깍 삼키던 엄마를 또다시 상상해버렸다.

내일 오후 2시 비행기로 제주도에 간다.

수행 길에 오른다.

나무아미타불 관세음보살 아멘.

난 집안이 좋은 아이를 보면 주눅이 든다

✤✲✢✿✻❋

집안이 좋은 아이를 보면 난 쉽게 주눅이 든다.

"지영이네 엄마 아빠는 서울대 캠퍼스 커플이래."

"수안이네 아빠가 이번에 도지사 선거 나오신대."

"은지네 엄마 아빠는 손잡고 걸어 다닌대."

"저기 사거리 4층짜리 치과가 지은이네 거래."

이런 말이 들리면 지영이와 수안이와 은지와 지은이는 마치 나와 딴 세상 아이들인 것처럼 느껴졌다.

중동 어느 부자 나라에서는 오랫동안 집을 비울 때

면 에어컨을 24시간 틀고 나온다고 한다. 날이 더우면 집 안에 개미가 꼬이기 때문이다. 그 나라에서는 뜨거운 지하수가 그대로 수돗물로 나오기 때문에 우리가 보일러를 온수로 틀고 목욕하듯이 그들은 냉수로 틀고 물을 식혀 사용해야 한다고 한다. 지영이와 수안이와 은지와 지은이네 집은 마치 중동 어느 부자 나라 가족처럼 집에 냉수가 나오는 보일러가 있을 것만 같다. 나와 완전 다른 삶을 사는 것처럼 느껴진다.

나는 아무리 노력해도 결코 가질 수 없는 무언가를 그들은 아무런 노력도 하지 않고 가지고 있다. 좋은 집 안이란 것은 참으로 재미있어서 친구들은 자신이 얼마나 대단한 것을 가졌는지 모른다. 내가 태어날 때부터 손가락을 다섯 개 가지고 태어났듯 지영이는 태어날 때부터 서울대를 나온 엄마 아빠를 자신의 손가락처럼 자연스럽게 가지고 있었기 때문에 그걸 특별하게 여기지도 않았다.

만약 지은이가 "저기 사거리 치과 4층 전부 우리 아빠가 하는 거야"라고 입꼬리 한쪽을 올리며 자랑했다면 난 그녀가 하나도 부럽지 않았을 것이다. 원래 자랑이라는 것은 어떤 것을 가지지 못했던 사람이 노력 끝에 비로소 가지게 되었을 때 하는 것이기 때문이다. 인스타그램에 자신의 벤츠 키홀더를 올리며 돈 자랑을 하는 사람들은 말단 자산 관리사 아니면 졸부다. 처음 만난 사람에게 어느 대학을 나왔는지 물으며 자신의 학력을 물어주길 바라는 이는, 가진 것이 학벌밖에 없는 사람이다. 지은이는 그것을 자랑하려 하지 않았다. 그저 우연히 친구가 자기 아빠 치과를 다닌다는 사실을 알면 아빠에게 부탁해서 조금 더 특별히 신경을 써주게 할 뿐이었다.

그럴 때면 나는 내 마음을 주체할 수 없었다. 부러웠다. 내가 가지고 싶은 것이 돈이라면 악착같이 돈을 벌었을 것이고, 내가 가지고 싶은 것이 예쁜 외모라면 성형을 했을 것이다. 하지만 내가 가지고 싶은 것은 좋은 집안, 화목한 가정이었다. 그게 날 미치게 했다.

초등학교 같은 반에 친구가 있었다. 친구는 공부도 열심히 했고, 남들은 놀 때 열심히 공부한 노트를 선뜻 빌려줄 정도로 마음씨도 착한 친구였다. 나에게는 비합리적인 생각의 연결 고리가 있는데 누군가가 '참 좋은 사람이다'라는 생각이 들면 이상하게도 '쟤는 분명 좋은 부모님이 계실 거야"로 생각이 이어진다.

이 친구의 집은 가난했다. 아빠가 선교사라고 했다. 선교사라는 직업이 뭘 하는 것인지 난 몰랐지만, 친구는 분명 우리 집보다 허름한 집에 살고 있었다. 나는 참을 수 없는 좌절감을 느꼈다. 이 친구의 집이 가난했는데도 나는 여전히 이 친구를 부러워했기 때문이다. 내가 부러워하는 것은 집안의 돈이 아니라 벽난로처럼 따뜻한 가족의 분위기 같은 것이었다. 돈을 부러워했다면 내가 어떻게든 벌어보겠지만, 이건 내가 어떻게 해볼 수 없는 것이었다.

나의 부모님은 치과 의사도 아니었고, 제주도지사 후보도 아니었으며, 두 사람이 손을 꼭 잡고 다닐 만큼 사이가 좋지도 않았다. 가난하지만 존경받는 부모도 아니었다.

일부러 속이려 한 건 아니었다. 나의 집안에 대해서, 부모님에 대해서 아무런 이야기도 하지 않았다. 하지만 성인이 되어서 만난 사람들을 이상하게도 나를 외동딸 아니면 부잣집 막내딸로 봤다. '부잣집 딸처럼 생겼다'는 말은 초등학교 운동회 날 처음 먹어본 솜사탕처럼 입에서 사르르 녹아내렸다. 달콤한 그 말이 좋아서 나는 옷차림을 더 신경 쓰고, 매사에 우아하게 행동하려 노력했는지도 모르겠다.

아직도 부모를 탓하는 30대는 매력이 없잖아

❖ ✳ ✝ ✿ ✳ ✳

"넌 결혼하고 정신이 어떵 나가부러시냐?"

　(넌 결혼하고 정신이 나갔니?)

　엄마는 나한테 정신이 나갔다고 했다. 어찌 보면 맞
는 말이다. 아마 결혼 전의 내가 지금의 나를 본다면 엄
마와 똑같이 말할 것이다. '진아야, 정신 나갔니. 입 다
물어'라고 말이다.

　결혼 전 나를 수식하던 말들은 이런 것들이다. 시키
지 않아도 자기 할 일 잘하는 둘째 딸, 엄마 아빠 속 썩

이지 않는 둘째 딸, 저녁에 술도 마시러 안 가고 조용히 책 읽는 둘째 딸, 어른들한테도 잘하고 예쁜 둘째 딸. 그리고 결정적으로 '알아서 잘하기 때문에 그냥 신경 안 써도 되는 딸'이었다.

'알아서 잘하기 때문에 그냥 신경 안 써도 되는 딸'이 혼자 아르바이트해서 스스로 번 돈의 절반을 정신과에 바치고 있는 줄은 몰랐을 것이다. 아마 지금도 모를 것이다. 부모님을 모시고 오라는 말에 병원을 한 번 옮긴 적이 있었고, 새로 상담을 시작한 병원에서 치료를 시작하는 조건이 "저는 성인이니, 부모님에게 알리길 원하지 않습니다"였다.

내 몸속에서 나의 감정들은 딱딱한 돌이 되어 있었다. 서운하고, 화가 나고, 슬프고, 수치스럽고, 불안하고, 두려웠던 감정들을 도무지 감당할 수 없던 나는 그 감정들을 마음속에 꼭꼭 숨겨두었고, 오랜 시간 쌓이고 쌓인 감정들은 돌이 되어 딱딱하게 굳어 있었다. 상담하면서 내 마음속에 이런 감정들이 가득하다는 사실을 알게 되었을 때, 가장 놀란 사람은 나였다. 조용하고 얌전하다고 생각한 내 속에 이렇게 무시무시하고 지독한 감정들이 살아 있다는 사실이 도무지 믿기지 않았다.

　정신과에 돈을 쏟아붓고도 도무지 깨트리지 못했던 이 감정의 덩어리가 밖으로 나오기 시작한 계기는 결혼이었다. 웨딩숍에서 무난한 웨딩드레스를 대여해서 입었고, 결혼식장에서 남들이 하는 대로 결혼을 했다. 휘황찬란하지만 막상 손을 대려면 딱히 먹을 건 없는 뷔페 음식을 먹고, 남들 다 가는 신혼여행을 갔다. 내가 결혼을 하고 가장 두근거렸던 때는 신혼 여행을 끝내고 내 집으로 돌아온 그 순간이다.

　내 집.
　이제 돌아갈 내 집이 생겼다.
　내 가족이 생겼다.
　겨울비가 내리는 날, 바닥의 더러운 눈 뭉치가 추적추적 밟히는 그런 날, 돌아와서 보송보송한 옷을 갈아입고 따뜻하게 샤워할 수 있는 내 집이 생겼다. 사람들에게 치이고, 소화되지 못한 속상한 말들이 가슴에 얹혀 있는 그런 날, 날 위로해줄 사람이 있다. 결국은 돌아갈 곳이 있다. 나에게 최후의 보루가 생긴 것이다.
　빚을 안고 시작한 결혼 생활이었지만 그런 건 하나

도 중요하지 않았다. 비로소 '쉰다'라는 단어를 이해했다. 이제까지 나는 한 번도 제대로 쉬어본 적이 없었다. 제주 집 소파에 누워 있으면 묘하게도 자꾸만 집에 가고 싶은 생각이 들었다. 집에 있는데도 자꾸만 집에 가고 싶었다. 여기가 내 집인데도 자꾸만 따뜻한 집에 가고 싶은 기분이 들었다. 진짜 내 집은 내 마음이 따뜻하고 편안한 집이었다. 내 모든 감정과 분노를 내려놓아도 안전한 곳이 나의 집이었다. 하루를 마치고 집에 돌아온 내가 '김 대리 그 새끼'라고 운을 띄워도 허허 웃으며 날 지지해주는 단 한 사람이 있는 그런 곳이 나의 집이었다. 나는 결혼 후, 비로소 쉴 수 있었다.

내 집이 생긴 나는 엄마의 표현대로 정신 나간 사람처럼 굴었다. 다섯 살짜리 아이가 동네 아이들 앞에서 '우리 아빠 경찰이야. 너 우리 아빠한테 다 이른다'라고 말하며 친구들 앞에서 뻐기듯이, 나 역시 친정에 가서 나의 묵은 감정을 모두 토해내기 시작했다. 나에겐 이제 돌아갈 곳이 있기 때문이다. 남편은 "진아야, 좀 살살 말해"라며 타이르곤 했지만 상관없었다. 이럴 때 나는 "오빠, 나도 다 알고 있으니까 그냥 내 말에 맞장구나

쳐"라고 말할 수 있다. 남편이 경찰은 아니지만, 결국은 허허 웃으며 내 편이 되어줄 걸 알기 때문이다.

"엄마 아빠 웃긴다. 사랑은 동생한테 주고 왜 효도는 나한테 받으려고 해?"

"뭐야. 다 같이 엄마 생일 준비했는데 왜 '다~~~ 아들 덕'이라고 말해? 이럴 거면 내가 낸 돈은 돌려줘. 나간다."

이럴 때면 엄마는 어김없이 이 대사를 뱉었다.
"넌 결혼하고 정신이 어떵 나가부러시냐?"
(넌 결혼하고 정신이 나갔니?)

엄마의 이 당당한 태도가 좋다. 아찔할 정도로 좋다. 짜릿하다. 엄마는 당당하다. 삼 남매에게 자신이 최선이라고 생각하는 사랑을 모두 주었다고 생각하기 때문이다. 아빠가 아무리 술을 마시고 행패를 부려도 이혼하지 않고 끝까지 산 것이 너희를 위한 헌신이었다고 믿는다. 이혼하는 편이 좋았을지 그냥 싸우며 사는 게 좋은 것인지는 모르겠다. 다만 엄마의 저 후회 없는 당당한 태도는 배울 점이 있다. 정자는 짜릿한 매력이 있다. 톡 쏘는 여자다.

엄마는 자신이 생각한 최선을 다했기에 죄책감이 없다. 엄마가 어떤 선택을 했느냐는 중요하지 않을지도 모른다. 이혼했든 안 했든 엄마는 우리를 사랑했고, 엄마의 꼭꼭 숨겨진 사랑을 찾아내는 일은 내 몫이기 때문이다.

엄마는 이혼하지 않고 아이들 옆에 있는 것이 사랑이라고 믿었다. 그리고 끝까지 우리 옆을 지켰다. 이런 믿음을 가진 엄마가 만약 집을 나가서 오랫동안 돌아오지 않았다면 엄마는 스스로 죄책감을 느꼈을 것이다. 그리고 내가 쏘아붙이는 말에 우물쭈물 미안하다고 대답했을지도 모른다.

엄마는 죄책감이 없기에 "너 정신 나갔냐"라면서 소리를 빽빽 지를 수 있다. 만약 내 눈치를 살살 보면서 미안하다고 말끝을 흐렸다면 난 정말이지 못된 아이가 되었을 것이다. '그냥 못된 딸'이 아니고, 정말 '못돼먹은 딸년'이 되었을 것이다.

금쪽이가 세 명

❊ ❊ ✛ ✿ ❊ ❊

<금쪽 같은 내 새끼>에 출연한 엄마와 아빠의 모습을 상상해본다.

"안/녕/하/세/요./ 제주도에서 귤 농사 짓는 서른여섯 살 금쪽이 엄마 김정자, 아빠 전종덕입니다."

제주도에서 왔다고 말하지 않아도 음의 높낮이에서 다 알 수 있다. 수백 번 연습해서 표준어를 구사해도 제주도민은 티가 난다. 아빠는 방송용 분장을 해도 얼굴이 보랏빛이다. 전형적인 술톤이다. 화기애애하게 촬영이 시작된다. VCR이 켜진다. 나무에 매달린 귤 위에 하늘색 코끼리가 앉아 있다. 노란 컨테이너에 아이를 혼자 두고 일하는 모습을 보고 패널들의 얼굴이 일그러지기 시작한다. 시작하자마자 오은영 박사님은 비디오를 멈춘다.

"어머님, 이렇게 화면으로 보니까 어떠세요? 부모는 아이의 안전을 지켜줘야 할 의무가 있습니다."

그럼 엄마는 눈 하나 깜짝 안 하고 대답할 것이다.
"기꽈? 제주도에선 다 영 키움니다."
(그래요? 제주도에선 다 이렇게 키워요.)

어이없다는 패널들의 표정. 그리고 VCR이 계속된다. 캄캄한 밤이다. 아이들은 자고 있다. 아빠는 술에 잔뜩 취해서 집에 들어온다. 아이 셋을 모두 깨운다. 엄마는 왜 깨우냐며 화를 낸다. 싸우기 시작한다. 아이들은 자다 일어나서 엄마 아빠의 싸움을 본다. 싸우는 소리가 점점 커진다. 오은영 박사님이 화면을 멈춘다.

"잠깐, 잠깐만요. 아버님, 이렇게 화면으로 보니까 어떠세요?"

그럼 아빠는 붉으락푸르락 얼굴이 변하고 밖으로 나가버릴 것이다. 촬영이 중단된다. 오은영 박사님은 아주 어려운 케이스라며 고개를 절레절레 저을 것이다. 내가 바라는 결말은 이루어지지 않을 것이다. 엄마 아빠가 화면을 보고 후회하고 반성하며 눈물 흘리는 일은 없을 것이다. 미안하다고 사과하지도 않을 것이다. 개선을 위해 노력하는 모습도 보이지 않을 것이다. 촬영마저 중단될 것이다.

"엄마, 어릴 때 우리 앞에서 치고받고 싸웠던 거 기억나?"

엄마는 내 질문에 답을 하지 않는다. 대신 자기가 잘했던 것을 나열한다. 자신이 우리들을 위해 한 일과 포기한 것들을 나열한다. 뼈 빠지게 일해서 대학 보내주고, 유학 보내주고, 삼시 세끼 다 차려줘, 예방접종 하러 애 셋 데리고 30분 걸어서 버스 타고 병원 갔던 이야기까지 나온다. 나는 오은영 박사님처럼 고개를 절레절레 내젓는다. 다시 한번 마음을 다잡는다. 다신 연락 안 한다. 빠이 짜이찌엔. 엄마 번호 삭제.

보름 뒤면 다시 엄마 번호를 입력할 것이다. 또 전

화할 거다. 애들 사진을 보여줄 거다. 서운한 생각이 든 날은 서운한 마음을 이야기할 거고 대화가 오가다가 결국 번호를 삭제할 것이다. 한 달 뒤에 또 번호를 입력할 것이다. 너무 자주 지웠다가 입력하기를 반복해서 사실 번호도 외웠다.

번거롭지만 이렇게라도 해야 나중에 덜 후회할 것 같다.

분노가 지나간 자리

❖ ✳ ✛ ✿ ✣ ✴

내가 아빠를 미워하는 이유를 종이에 써내려간다면 108가지 정도 될 것이다. 싫어하는 이유 중에 단연 으뜸은 그가 '술을 마시고 끊도 없이 일장 연설을 하는 것'이다. 밑도 끝도 없이 계속 말을 한다. 했던 말을 하고 또 하고, 들어줄 사람이 없으면 혼자서 중얼중얼한다. 놀랍게도 아빠는 평소에는 말이 별로 없는 사람이다. 음, 뭐랄까. 이야기를 잘 이어가지 못한다. 말을 주고받으면서 이야기가 이어져야 하는데 두 마디 정도의 말을 하고 나면 말이 탁 하고 벽에 막히는 느낌이 든다.

대학생 때 영어 회화 학원을 다녔는데 'follow up(팔로우 업)'이라는 표현을 배웠다. 어느 나라에서 왔냐고 물으면 한국에서 왔다고 대답하는 식으로 상대의 말을 듣고 이야기를 이어가야 하는 규칙이 있다. 짧은 영어로 대화를 나누다 보면 진짜 하고 싶은 말을 영어로 표현하는 것이 아니고, 영어라는 도구로 내가 표현해낼 수 있는 말을 그저 뱉어놓고는 했는데 그럴 때면 그릭 선생님은 "Follow up!"이라고 웃으며 말했다. 나는 아빠가 타인과 대화를 할 때 이 표현을 떠올렸다. 아마 그릭 선생님이 아빠의 대화를 들었다면 쉴 새 없이 '팔로우 업'이라고 말했을 것이다.

아빠와 나는 사춘기쯤부터 거의 말을 안 하고 살았기 때문에 팔로우 업을 할 필요가 없다. 집에 아빠만 있고, 내가 학교를 다녀와서 현관문을 열면 아빠는 날 힐끗 보고는 "와와와와 와시냐?"(와와와와와 왔니?)라고 말했다.

술을 마시지 않은 아빠는 말을 더듬는다. 버퍼링이 걸린 컴퓨터처럼 버버벅 말을 한다. 그럼 나는 "응"이라고 짧게 대답하고는 내 방으로 들어간다. 이런 대화 방식이 몇 번 이어지다 이내 굳어져버렸다. 그래서 아빠와 나는 서로 말을 안 하는 사이가 되어버렸다. 아빠에 대한 어떤 소식은 아빠 > 엄마 > 동생 > 언니를 거쳐야지만 비로소 나에게까지 전해졌다. 결혼을 하고 나서는 아빠와 나를 이어주는 지름길이 하나 더 생겼는데 바로 '아빠 > 사위(나의 남편) > 나'다. 남동생이 결혼한다는 소식을 남편에게서 처음 들었다. 아빠가 사위에게 전화를 하고, 사위, 즉 나의 남편이 나에게 전해준 것이다. 나는 개인적으로 남편을 사이에 둔 통로를 자주 이용하지 않는다. 그래서 내가 둘째를 임신하고 그 아이가 아들이라는 소식을 언니에게 전화로 알리고, 언니는 남동생에게, 남동생은 엄마에게, 엄마는 아빠에게 전해서 비로소 아빠에게 전달되었다.

이런 아빠가 술을 마시면 전혀 다른 사람이 되어서 말을 한다. 으스대기도 하고 잘난 척하기도 하고 목소리를 내리깔기도 하면서 혼자 말한다. 앞에 누가 있든 이야기를 휙 가로채서는 자기 할 말만 한다. 나는 아빠의 이런 모습이 정말 싫었다. 싫다라는 말로는 부족하다. 아빠가 술을 마시고 입이 터지기 시작하면 나는 장이 꼬이고 속이 거북해지곤 했다. 너무 미워서 정말이지 눈물이 주룩 날 정도로 싫었다.

성인이 되고부터는 아빠와 거의 마주치지 않았다. 가족이 다 같이 저녁을 먹는 자리는 피했다. 아빠가 술 마시는 꼴을 보고 싶지 않았기 때문이다. 정확히 말하자면 가슴속에 아빠를 억누르던 커다랗고 커다란 바위가 술을 마시고 사라지면서 농축되고 진득하게 굳어버린 말들이 토해져 나오는 걸 듣고 있기가 힘들었기 때문이다.

전복 집에서 한 결혼 상견례 자리에서는 난 정말 엉엉 울고 싶은 마음이었다. 아빠는 아무 말도 못 하고 가만히 앉아 있다가 혼자서 술을 시켜서는 (아무도 술을 마시지 않는데) 혼자 술을 따라서 꿀꺽꿀꺽 마시더니 말을 하기 시작했다. '귀하게 키운 둘째 딸'에 대한 자랑도 빼놓지 않았는데, 그 자랑거리라는 것이 너무나 하찮은 것들이라서 전복 껍데기 속에라도 숨고 싶은 마음이었다. 예비 시어머니와 시아버지가 계시지 않았다면, 나는 진작에 일어나버렸을 것이다. 일어나지도 못하고, 가만히 듣고 있기엔 미쳐 돌아버릴 것 같아서 냉수만 벌컥벌컥 마셨다.

며칠 전이었다. 아빠에게서 전화가 왔다. 술이 잔뜩 취해서 이성이 마비된 순간에도 내가 아니라 사위에게 전화를 걸었다. 손자들이 보고 싶었는지 영상 통화가 걸려 왔다. 사위는 허허 웃으며 전화를 받았고, 나는 평소처럼 아빠의 전화에 무심하게 하고 있던 설거지를 했다. 아니, 더 천천히 설거지를 했다. 첫째는 아빠 핸드폰에 연결된 블루투스로 오디오북을 듣고 있었는데 할아버지가 전화를 하는 바람에 살짝 짜증이 난 상태고, 둘째는 맛있게 귤을 까먹는데 말을 시켜서 귀찮은 눈치다. 아빠는 또 혼자 말을 시작한다. 알맹이 없는 말들을 횡설수설한다.

전화기 너머로 술 냄새 풀풀 풍기는 아빠의 목소리를 듣고 있으니 가장 먼저 느껴지는 감정은 분노다. 내가 어릴 때는 술을 마시고 물건을 던지면서 폭력을 휘두르더니, 이제 힘없는 할아버지가 되어 말로 나를 죽이려는 것처럼 느껴진다.

나는 여전히 설거지를 하고 있고, 아이들은 관심도 없고, 남편 혼자 장인어른의 말을 받아쳐주고 있다. 분노라는 감정을 비누 거품에 함께 씻어내고 나니 분노가 지나간 자리에 의문이 올라온다. 나의 아빠 말고 전종덕이라는 인간은 왜 이런 상황에서 이렇게 행동할까 하는 물음이 올라온다.

왜 이 사람은 평소에 말을 더듬을까.

왜 이 사람은 매일 술을 마셔야만 할까.

왜 이 사람은 술을 마시면 계속 말을 할까.

왜 술만 마시면 더듬지 않고 끝도 없이 말을 할까.

왜 이 사람은 네 살짜리 손자가 빨간 버튼을 눌러 비참하게 말이 끊길 때까지도 계속 말을 하고 하고 또 하고 있을까?

전종덕의 마음 속에는 어떤 상처가 있을까?

어떤 모양의 어떤 상처를 가졌기에 지금 이런 행동을 하고 있을까?

전종덕이라는 사람의 식도 아래쯤에 탁 자리를 잡고 있어 말과 행동에 브레이크를 거는 그 돌덩이는 언제 생겼을까?

술을 마시고 취기가 도는 그 짧은 시간 동안에만 돌덩이가 사라지나 보다. 그 순간에 아빠는 모든 말을 다 꺼내놓아야 한다. 그마저도 잘 정리되지 않아서 듣는 사람도, 말을 하는 자신도 무슨 말을 하는지 잘 모르겠는 그런 말을 늘어놓는다.

자신의 부모도, 셋이나 되는 자식들도 자신의 말을 들어주지 않는다.
아빠에게는 종교도 없다.
하느님도 없고 부처님도 없다.
둘째 딸처럼 글을 쓰지도 않는다.
다만 술을 마시고 담배를 피운다.
술기운에 잠에 들고 내일 아침 일어나면 또 말이 없어질 것이다.

분노가 지나간 자리,
의문도 지나간 자리에는
안쓰러운 마음만 남는다.

로보카 폴리

❖ ❅ ✛ ✿ ✳ ✻

대한민국의 기혼 여성들은 설날과 추석이 다가오면 신
경이 예민해진다. 먼저 이번 설에 시댁에 갈 것인가 말
것인가에서부터 대립이 시작된다. 코로나 일일 확진자
는 만 명이 넘어갔다. 며느리들에게 설 연휴를 집에서만
보내야 하는 이유는 충분하다. 어른들의 애절한 바람도
이해된다. 코로나를 핑계로 아들딸들은 오지 않았고, 이
미 두 번의 설을 쓸쓸히 보냈다. 이러다가 내가 죽어야
만나겠다는 주장도 꽤 설득력이 있다. 시댁에 가기로 했
다면 친정에 언제 갈 것인가도 정해야 한다. 설날 당일
바로 갈 것인지 설날 하루 시댁에서 자고 갈 것인지도

중요하다.

결혼 7년 차 대한민국 며느리인 나 역시 설이 다가오면 신경이 예민해진다. 다만 고민이 조금 다르다. 어떻게 하면 친정에서 빨리 빠져나올지가 가장 중요하다. 머리를 잘 굴려야 한다. 우리가 사는 곳은 경기도다. 친정은 제주시, 시댁은 서귀포다. 친정에서 시댁까지는 차로 한 시간을 달려야 한다.

몇 번의 시행착오 끝에 내가 생각해낸 가장 좋은 방법은 이러하다. 먼저 비행기를 타고 제주시 공항에 내린다. 시댁 차가 9인승임을 내세워 시아버지에게 공항에 나와달라고 부탁한다. 그렇게 친정집을 지나치고 시댁으로 도망친다. 그다음이 더 스릴 있다. 시어머니에게 아이 둘을 맡기고 나는 혼자 제주시로 버스를 타고 온다. 친구를 만나고, 친언니를 만나고, 동문시장에서 떡볶이를 먹고 다시 조용히 서귀포 시댁으로 돌아온다. 시댁 안마 의자에서 하루의 피로를 풀며 잠이 든다. 그리고 서울로 돌아가는 날 친정에 잠깐 들러 점심을 먹고 공항으로 냅다 뛴다. 비행기 표는 3시쯤으로 예약해둔다. 12시부터 1시까지 밥을 먹고, 후식 과일을 먹는다. 슬슬 운을 떼우다가 1시 반쯤 되면 "어이쿠 이제 공항

가야 될 시간이네"라고 말한다. 이렇게 2시까지 공항에 도착하면 된다. 완벽하다.

계획이 틀어져버린 것은 아빠 때문이다. 아빠가 공항에 나오겠다는 거다. 아빠가 사위에게 전화해서 앞으로 자기가 공항에 나오겠다고 통보했다. 아빠가 운전해서 서귀포 시댁까지 태워주겠다는 거다.

고등학교 2학년 때로 기억한다. 우리 아빠 차에 동네 친구를 태우고 학교에 가기로 약속한 날이었다. 친구가 약속 시간에 늦었고, 아빠는 친구가 있는 앞에서 나에게 소리를 지르며 화를 냈다. 친구는 무안해서 고개를 숙였다. 나도 그저 조용히 있었다. 내겐 아주 어린 시절 만들어진 감정의 반응 회로가 있는 것 같다. 아빠가 큰소리를 내면 심장이 뛰고 온몸에 힘이 빠진다. 어릴 때는 두려움과 분노가 범벅된 마음이 눈물을 타고서라도 밖으로 나올 수 있었는데 이제 나는 다 커버려서 울지도 못한다. 친구 쪽이 아닌 반대편 창문 밖을 조용히 보고 있는 게 내가 할 수 있는 전부였다.

공항에 2시 도착 예정이면 아빠는 1시부터 공항에

서 기다리고 있다. 비행기가 연착되어 몇 시간이 늦어져도 아빠는 이제 화를 내지 않는다. 전세가 뒤집혔기 때문이다. 늦는다고 성질을 박박 내면 오지 말라고 하면 그만이다.

공항에 도착해서 2번 게이트에 서 있으면 공항 주차장에서 30분 전부터 기다리던 아빠 차가 달려온다. 차를 세우고 트렁크를 열고 짐을 싣는다. 그리고 아빠는 치아를 54개쯤 드러내며 손자를 품에 안는다. 차 뒷좌석에는 로보카 폴리 장난감이 있다. 아빠는 앞을 보지 않고 백미러를 보며 운전한다. 백미러에 비친 손자를 보면서 운전한다. 차가 자꾸 중앙선을 밟아서 불안하다. 차에서 우리 부녀는 거의 이야기를 나누지 않는다. 아빠랑 말하기가 싫은 것이 아니고, 아무 말도 하지 않으면 적어도 서로 마음은 상하지 않는다는 걸 알기 때문이다.

시댁에 도착하면 아빠는 얼른 짐을 내려주고 손자를 한 번 더 안아본다. 나는 작은 소리로 "조심히 가…"라고 말한다. 아빠는 얼른 시동을 켜고 떠난다. 아빠의 뒷모습이 낯익다. 대원동가든에 들어가던 그 뒷모습이다. 아빠가 회사에서 짤리던 날 동네 보신탕 집으로 터덜터덜 들어가던 그 모습. 머리가 희고 등이 굽었다.

시어머니는 사돈어른이 오신다고 집에서 꽃이 그려진 제일 좋은 찻잔에 커피를 타고 계신다. 사돈어른을 그냥 보냈다며 나를 나무란다. 이럴 때는 "하준아~~" 하고 아이 이름을 부르면 된다. 아이가 있어서 참 좋다. 시어머니는 손자를 보며 웃으신다.

나는 시댁 거실 소파에 누워 혼자 한라산을 넘고 있을 전종덕을 잠깐 생각한다. 뒷좌석에 로보카 폴리도 없이 혼자 산을 넘어야 한다. 소파는 편하고 옥돔 굽는 냄새는 좋다.

한라산 고사리

❖❋✢❀❋❄

봄이 되면 제주도 할머니들은 바쁘다. 한라산 중산간
도로를 가로지르는 버스에는 꽃무늬 모자를 쓰고 커다
란 가방을 멘 할머니들이 있다. 모두 나의 경쟁자들이
다. 거기에 나도 있다. 매년 고사리 철이 되면 설렌다. 어
릴 때 소풍 가서 보물찾기 하는 기분이다. 고사리를 좀
꺾어본 사람이라면 자신만 알고 있는 고사리 스팟이 있
다. 아무에게도 알려주지 않는다. 비가 온 다음 날은 고
사리가 쑥쑥 자라 고개를 내민다. 봄비가 내리면 커다란
가방이랑 모자를 챙기고 다음 날 새벽에 나갈 준비를
한다. 고사리가 가득한 곳을 발견하면 '심봤다!' 하고 소

리 지르고 싶다. 고사리를 꺾을 때면 똑똑 소리가 난다. 그 소리가 좋다.

꺾어 온 고사리를 물에 씻고 한 번 푹 삶아서 독을 빼야 한다. 한 번 먹을 만큼씩 소분해서 얼려두면 보기만 해도 배가 부르다. 고사리를 볶을 때는 식용유가 아니고 참기름에 볶아야 한다. 참기름에 달달 볶다가, 간장으로 간을 하고, (조개 다시다를 넣어야 한다.) 일급 비밀이기 때문에 괄호를 쳤다. 물기가 없어질 때까지 꽤 오래 볶아야 한다. 달달 타지 않게 계속 저으면서 볶아야 한다.

고사리 볶음에서는 오래된 종이 냄새가 난다. 냄새가 익숙하다. 어릴 적 제삿집에 가면 이 냄새가 났다. 제사가 많은 집이었다. 큰아빠네 집에서 제사를 했다. 엄마는 부엌에 들어가 음식을 했다. 부엌에 구경하고 싶은 것들이 많았지만 들어가면 분명 혼날 것이다. 나는 멀찍이 앉아서 구경했다. 제주도는 제사상에 떡 대신 빵을 올린다. 단팥빵, 카스텔라보다 나를 감질나게 하는 건 고사리 볶음이었다. 부엌을 가득 채운 음식 중에 고사리만 보였다. 냄새도 고사리 냄새만 났다. 제사 음식은 차례를 지내기 전에는 먹으면 안 된다고 했다. 침만 꼴깍꼴깍 넘겼다.

차례는 자정에 지냈다. 9시부터 눈이 감기기 시작했다. 세 시간을 참아야 고사리를 먹을 수 있는데 벌써 졸렸다. 끔뻑끔뻑 졸고 있으면 엄마가 사촌 언니 방에 이불을 펴주었다. 나는 다시 한번 잠들지 않을 거라 다짐한다. 거실에서 어른들의 말소리가 웅얼웅얼 들린다. 잠들락 말락 하다가 말소리에 깨고, 다시 잠들락 말락 하다가 정신을 차린 것 같은데 항상 잠들었다.

깊이 잠들었다. 꿈도 꾸지 않을 만큼 깊이 잠들었다. 그러다가 제사가 끝나고 아빠가 나를 번쩍 들어 올리면 잠이 깼다. 나는 이불에 돌돌 말아져 있었다. 아빠는 나를 번쩍 안아서 차에 태웠다. 차에 태울 때쯤이면 잠이 다 깼지만 나는 계속 자는 척했다. 그래야만 집에 도착해서 아빠가 한 번 더 나를 번쩍 안아 방에 눕혀주기 때문이다. 양치도 하지 않고, 잠옷으로 갈아입지도 않고, 머리도 풀지 않고 그대로 다시 잠들었다. 아빠가 양말을 벗겨주었다. 다음 날 아침이면 입 안이 텁텁했다. 양치를 하고 나오면 아침상에는 은박지에 쌓인 고사리가 있었다.

이런 기억들이 내 발목을 붙잡는다. 이런 기억들에 발목이 잡혀 나는 아빠를 마음껏 미워하지 못한다. 아니면 내가 이런 기억을 억지로 붙잡고 아빠를 이해해보려 애쓰고 있는 건지도 모른다. 이런 기억을 붙잡고 싶어서 봄이면 고사리를 꺾으러 다니는 건지도 모른다. 고사리를 좋아하는 건지 아니면 좋아하고 싶은 건지 잘 모르겠다.

　　오늘도 고사리가 잘 볶아졌다. 고기 맛이 난다.

엄마 울지 마

❖ ✳ ✢ ✿ ✾ ✽

언니는 어릴 때 진짜 못생겼었다. 어린 내가 봐도 못생긴 얼굴이었다. 아기들은 아무리 못생겼다 해도 손도 발도 입도 작아서 귀여운 구석이 있지만, 언니는 귀엽지도 않았다. 체구도 조금 큰 편이었고 무엇보다 얼굴과 머리가 컸다. 촌 동네에서 부모가 농사 짓는 집 자식들이 모두 그렇듯 피부는 까맸다. 윤기 나는 건강한 구릿빛 피부가 아니고, 얼룩덜룩 그냥 촌스럽게 까맸다. 인중에는 수염이 숭숭 났는데, 외삼촌은 언니를 볼 때마다 면도를 하라며 놀렸다. 사람의 인격은 얼굴에 드러나기 마련이라는 사실을 나는 일찌감치 깨달았다. 언니의 얼굴은

심술이 바싹 올라 있었다. 무표정하게 앉아 있어도 툭 하고 건들면 짜증을 팍 낼 준비를 하는 얼굴이었다.

언니는 옆집에 사는 초등학교 5학년 오빠를 좋아했다. 말을 한 적은 없지만 나는 알고 있었다. 옆집 오빠 앞에서는 언니가 두 개 빠진 앞니를 드러내며 실실 웃었기 때문이다. 어느 날이었다. 언니가 엉엉 울면서 집에 들어왔다. 엄마는 좀처럼 울음을 그치지 못하고 흑흑 우는 언니는 달래며 물었다.

"무사, 무사 울엄시?"
(왜, 왜 울어?)
"오빠가… 흑흑… 나보고… 흑흑… 호박, 호박 대가리래… 으앙앙앙."

나는 손으로 입을 틀어막았다. 핼러윈 호박에 검은 수염 장식을 붙인 모습이 자꾸 머릿속에 떠올랐다. 슬픈 생각, 슬픈 생각을 하자. 여기서 웃으면 나는 맞는다.

엄마는 피식 웃더니 언니를 달래주었다. 언니가 진정되고 마당에 나가 노는 사이 이모에게 전화해 깔깔깔 웃으며 이야기했다.

"호박이랜 햄쪄, 푸하하하하핳."

(호박이란 소리 들었대, 하하하하하하하.)

엄마와 이모의 전화 통화는 기승전결이 없다. 맥락
도 없다. 언니의 호박 대가리 이야기를 하다가 뜬금없이
내 이야기를 하곤 한다.

"진아는 며칠 전에 혼자 학교 숙제하면서 낑낑 댄게
만은 '가족 신문 만들기'에 우리 집 가훈 뭐랜 적은 줄
알암시냐?"

(진아는 며칠 전에 혼자 학교 숙제를 한다며 낑낑대
더니 '가족 신문 만들기'에 우리 집 가훈을 뭐라고 적은
줄 알아?)

"'술을 적당히 마시자!'라고 적엉 냈져."

('술을 적당히 마시자!'라고 적어서 제출했더라.)

걀걀걀걀깔깔깔.

엄마는 이모와 통화할 때면 가끔 마녀처럼 걀걀걀

소리를 내면서 웃곤 했다. 마무리는 언제나 남동생이었다. 진아가 먹다가 반쯤 남기고 냉장고에 보관해둔 음료수를 막내가 몰래 마시고 그만큼 물을 채워 넣었다가 둘이 싸운 이야기, 막내가 혼자 마당에서 뭘 하나 봤더니 죽은 매미를 땅에 묻고 두 번씩 절했다는 이야기를 하며 걀걀걀 웃었다. 그렇게 한참 웃다가 "왜 이렇게 조용하지, 애들 어디서 사고 치나?" 하며 전화를 끊었다.

   핼러윈 호박처럼 생겼던 언니는 커가면서 친척들이 깜짝 놀랄만큼 아름다운 여성이 되었다. 스물한 살이 되던 해 서울로 대학을 갔다. 우리 가족은 서울로 떠나는 언니를 제주 공항까지 배웅해주었다. 언니에게 엄마가 한 마지막 한마디는 "잘가라이"였다. 안아주지도 않고 울지도 않고 그렇게 첫딸을 보냈다.

   둘째 딸을 유학 보내던 그날도 마지막 한마디는 "잘가라이"였다. 안아주지도 않고 울지도 않았다.

   막내아들을 군대로 보내던 날, 공항에서 멀어져가는 아들을 보낼 때도 "잘가라이" 하고 말했다.

   엄마는 울지 않았다. 마지막 아들까지 모두 비행기를 태워 보내버리고 집으로 돌아오는 길, 엄마는 무슨 생각을 했을까. 혼자 집으로 운전해서 돌아오는 엄마의 모습이 외롭지 않다. 엄마는 많은 것을 기억하고 있기 때문이다. 어쩌면 혼자 집으로 오는 그 길에 좋아하는 오빠에게 호박 대가리라는 말을 듣고 울던 첫째 딸을, 술을 적당히 마시자라고 가훈을 쓰던 둘째 딸을, 죽은 매미를 땅에 묻고 두 번씩 절하는 막내아들을 떠올렸는지도 모르겠다.

엄마는 많은 것을 기억하고 있어서 울지 않을 수 있었나 보다. 소중한 것들은 금방 지나간다. 엄마는 남은 인생을, 이제까지 아이들을 키우며 만들어놓은 추억들을 다시 꺼내 곱씹으며 살아가야 할지도 모른다. 이모와 더 자주 통화하게 될 것이다.

아빠가 운다

❧ ❄ ✢ ❀ ✿ ✳

'상복 옷고름 매는 방법.'

아빠가 핸드폰에 상여복의 옷고름을 오른쪽으로
매는 건지 왼쪽으로 매는 건지 검색하고 있었다. 아빠도
상주가 된 건 처음이다. 할머니의 영정 앞에서 삼베로
된 노란 모자를 쓰고, 상복을 입고 옷고름을 어느 쪽으
로 매는지 몰라 네이버 검색을 하고 있다.

아빠가 상주가 되는 것이 처음이라는 사실을 믿을
수가 없다. 내가 생각하기에, 그냥 내가 느끼기에 우리
아빠는 부모상을 열 번쯤 당해봤을 것 같고, 이런 상황

에서 슬프지만 절제된 모습으로 척척 손님을 받고, 상을 치를 줄 알았다. 그런데 아빠가 헤매고 있다. 마치 내가 처음 집을 살 때 유튜브에서 '부동산에서 호갱되지 않는 방법'을 검색하는 것처럼 아빠도 아무것도 모르는 상황에서 하나하나 물어보고 배워가며 상주 자리를 지키고 있다.

양지공원에 할머니를 모셨다. 제주도의 장례 풍습인지, 아니면 원래 화장터에 들어가기 전에는 이러는 건지 모르겠지만 할머니 관이 화장터에 들어갈 때 모두가 큰 소리로 "불났어요. 빨리 나오세요!!!"라고 외치라고 했다.아빠도 상주가 처음이고, 나도 할머니를 보내는 게 처음이어서 뭘 잘 모른다. 그냥 옆에서 시키는 대로 "할머니 불났어요!! 나오세요!!" 하고 외쳤다.

어제 하루 손님을 받는 동안 눈물 한 방울 흘리지 않던 아빠가 훌쩍훌쩍 운다. 나는 한 눈으로는 할머니가 누워 계신 관을 보고, 한 눈으로는 아빠의 뒷모습을 봤다. 엄마를 보내면서 울고 있는 영락없는 아들이었다. 큰 소리로 부르면 진짜로 엄마가 돌아온다고 믿는 어린 아이처럼 아빠는 큰 소리로 할머니를 불렀다.

"어머니 불나수다, 얼른 나옵써."
"어머니 불나수다. 얼른 나옵써."

관에 누운 할머니는 우는 아들을 달래주지 못했고, 아빠를 달래주는 건 엄마였다. 우리 엄마도 시어머니상을 당한 건 처음이었지만 마치 여러 번 누군가를 떠나보내본 사람 같았다. 내가 다섯 살 때까지 세상의 전부라고 믿었던, 완벽하다고 믿었던 그 엄마의 모습이었다.

할머니의 영정을 들고 제일 앞에 서 있는 것도 엄마였고, 손님들을 받고, 모자란 반찬을 가져다주는 것도 엄마였고, 자기 친구들을 불러 앉혀서 커피를 타고 음식을 나눠 주는 것도 모두 엄마였다. 무엇보다 아빠를 달래는 것도 엄마였다.

나는 무시무시한 악몽을 꾸다가 잠에서 깬 것처럼 정말 다행이라고 생각했다.

어릴 적 나는 엄마 아빠가 미친 듯이 싸울 때마다 "제발 두 사람이 이혼하고 각자 살게 해주세요"라고 간절히 기도했고, 조금 더 커서는 "엄마 이렇게 싸울 거면 그냥 따로 살아"라며 엄마에게 면박 주듯 말했다. 내 소원이 이루어지거나, 엄마가 내 말을 듣고 그냥 이혼해버리지 않아서 정말 다행이라고 생각했다.

영정은 작은엄마가 들 수도 있고, 손님들에게 모자란 반찬을 가져다주는 일은 도우미 이모를 모시면 되고, 커피 타는 일이나 빵을 나눠주는 일은 대신해줄 사람이 있지만, 아빠를 달래는 일은 엄마밖에 하지 못하기 때문이다. 만약 엄마가 없었다면 아빠는 결국 울지도 못했을 것이다. 원래 아이들도 달래줄 사람이 있을 때 울기 때문이다.

아흔이 된 할머니가 영면하셨다. 정신은 맑으시지만, 허리를 심하게 다쳐 움직일 수 없게 되어서 오랜 시간을 요양원에서 보냈다. 나는 할머니가 허리를 바짝 세우고 튼튼한 두 다리로 걸으며 웃고 있는 모습을 상상하며 절을 했다.

할머니를 보내드리고 양지공원을 나오는데 아빠가 자꾸만 내 주변을 왔다 갔다 했다. 나는 오후 비행기를 타고 서울로 올라가야 하는데 말을 할 거면 빨리 좀 하지 주변을 맴돌기만 한다. 기껏 나한테 와서 한다는 말이 이거다.

"가라."

아빠와 나는 원래 고맙다느니, 고생했다느니 뭐 이런 말을 하는 사이가 아니기 때문에 나도 "응" 하고 돌아섰다. 그러다가 무슨 마음이 들었는지 뒤돌아서서 아빠를 불렀다.

"아빠, 할머니가 계셨기에 아빠가 있는 거고, 그래서 우리 삼 남매 있는 거잖아. 할머니 고마운 마음으로 잘 보내드려."

아빠는 눈이 시뻘게져서는 아무 말도 안 하고 들어갔다. 우리는 원래 두 마디 이상 나누지 않기 때문이다. 할머니가 좋은 곳에서 허리를 꼿꼿이 세우고 15년 동안이나 살았던 요양원을 나와서 걷는 모습을 상상하니 조금 위안이 된다.

그 사람을 기쁘게 할 방법

❖❄✢✿❊✺

누군가를 사랑하게 되면 그 사람을 어떻게 기쁘게 할 수 있는지 알게 된다. 첫째 아들은 종이접기 책을 사 주면 좋아할 거다. 이번에 새로 나온 《페이퍼 블레이드 4》랑 다이소에서 파는 2000원짜리 색종이 200장을 사 주면 팔짝팔짝 뛰며 좋아할 것이다.

"엄마, 이거 공서준이 자랑하던 책이잖아! 내가 진짜 가지고 싶었던 건데!"

설거지를 하고 있으면 여러 번 불려 갈 것이다. 거품이 묻은 고무장갑을 벗고 종이접기를 도와줘야 할 것이다. 그래도 좋다. 밤늦도록 종이 팽이를 만들 것이다. 만든 팽이를 어린이집 가방에 넣고 등원할 것이다. 혹시나 팽이가 찌그러질까 봐 가방을 멜 때도 벗을 때도 조심조심할 것이다.

올해 네 살이 되는 둘째는 딸기를 사 주면 좋아할 거다. 아무 딸기나 좋아하지 않는다. 비타민청과에서 파는 알이 큰 '설향 딸기'를 좋아한다. 깨끗하게 씻어서 연유를 조금 뿌려주면 이렇게 말할 것이다.

"와, 이건 딸기잖아. 엄마, 정말 고맙습니다."

내 무릎 위에 앉아서 커다란 딸기를 입에 넣을 것이다. 볼은 터질 것 같고 입에선 딸기 물이 뚝뚝 떨어질 것이다. 나는 옷소매로 아이의 입을 닦아준다. 내 옷에 빨간 딸기 물이 들어도 좋다. 모든 사람을 물질로 기쁘게 해줄 수 있는 것은 아니다. 남편을 기쁘게 하는 방법은 조금 더 까다롭다. 돈은 들지 않는다. 같이 차를 타고 가다가 루시드 폴이나 윤종신의 노래를 틀어주면 좋아할 것이다. 핸들을 잡은 손가락이 음악에 맞춰 까딱까딱할 것이다. 비둘기처럼 고개를 앞으로 내밀면서 리듬을 타다가 결국 못 참고 노래가 터져 나올 것이다.

"아, 빙수야 팥빙수야 녹지 마~ 녹지 마~ 아, 빙수
야 팥빙수야."

엄마한테는 대봉감 홍시 한 상자를 사 주면 된다.
어릴 때 엄마랑 제주시 동문시장에 가면 자주 홍시를
샀다. 과일 파는 할머니는 감이 무르지 않게 박카스 상
자에 조심히 담아줬다. 집에 와서 상자를 열어보면 터진
감들이 하나씩 있었다. 엄마는 그 자리에서 아깝다며 후
루룩후루룩 먹었다. 나는 물컹한 홍시를 좋아하지 않지
만, 엄마가 먹는 그 소리가 재미있었다. 아, 잘 생각해보
니 김정자는 홍시 한 상자보다 정관장 홍삼 액기스를
사 주면 더 좋아할 것이다. 원래도 열이 많고 화가 많은
사람인데 어쩌려고 홍삼까지 열심히 먹는다. 혼자 몸에
서 열이 펄펄 나서 친정집은 보일러도 틀지 않는다. 아
빠는 추워서 입술이 보라색이다.

아빠를 기쁘게 할 방법은 뭘까. 면세점에서 담배 한
상자를 사다 주면 좋아하겠지? 조금 더 생각해보니 무
슨 담배를 피우는지 모른다. 양주를 한 병 사 주면 좋아
하려나? 아빠가 한라산 소주 말고 양주도 마시나? 책도

안 읽고, 과일도 안 먹고, 홍삼도 안 먹는다. 아니, 먹는지 안 먹는지 모르겠다. 아빠에게 뭐 필요한 거 없냐고 물으면 없다고 할 것이다.

없는 게 아니고 모른다.

아빠는 자기가 무엇을 좋아하는지 잘 모른다.

자기가 좋아하는 것들에 대해 생각해볼 시간이 없었는지도 모른다.

아빠가 알코올중독이라서요

✤✲✢✿✻❋

스무 살부터 닥치는 대로 아르바이트를 했다. 레스토랑 서빙, 뚜레쥬르 빵집, 영화관 카페는 6개월 넘게 일해서 기억이 난다. 아파트 모델하우스 안내 의전과 당근 세척 아르바이트는 너무 고생해서 기억이 난다. 중국어 과외, 영어 과외, 학원 일은 대학원까지 졸업시켜준 고마운 아르바이트 자리라서 기억에 남는다. 그 밖에 기억에 남지 않는 수많은 단기 주말 아르바이트를 했다. 그중 볼링장 아르바이트는 가장 별로여서 기억에 남는다.

스물한 살 때였다. 대학교 휴학 중인 언니 둘과 함

께 일했다. 언니들은 어린 나를 살뜰하게 챙겨주었다. 볼링공이 걸리면 무전기로 기사님께 연락하는 방법과 예약 전화를 받고 스케줄을 조정하는 방법을 가르쳐주었다. 그것보다 더 중요한 것도 배웠다. 자주 오는 남자 손님이 있었는데 올 때마다 여자가 바뀌었다. 그때마다 처음 오는 손님처럼 대해야 하며, 아는 척을 하면 안 된다는 것도 배웠다. 이렇게 방학 두 달만 일하면 몇 달 치 생활비를 벌 수 있었다.

문제는 일이 끝나면 볼링장 사장님과 아저씨들이 회식을 가자고 등을 떠미는 것이었다. 빨리 집에 가서 씻고 누워서 무한도전이나 보고 싶었다. 요리조리 피해봐도 꼼짝없이 잡히는 날이 있었다. 옷에 삼겹살 기름이 잔뜩 튀는 것 보다 회식 자리에서 아저씨들의 아슬아슬한 농담을 듣는 것이 싫었다.

"진아 씨는 얼른 남자 친구 사귀어야겠네, 그래야 집에 보내주지. 주변에 없으면 우리 중에서라도 하나 골라봐. 하하하하하하하하." 저 주둥아리를 꿰매버리고 싶었다. 맞받아치기에는 조금 애매했고, 나는 아직 어렸다. 무엇보다 이 정도 시급을 주는 아르바이트 자리도 흔치 않았다. 그래서 참았다. 술이 잘 안 받는 체질이에요, 저 요즘 한약 먹어요, 내일 새벽에 수업이 있어서요, 오늘은 감기 기운이 있어서요. 아무리 핑계를 대봐도 술을 먹였다.

"아빠가 알코올중독이라서 저는 술을 입에도 대지 않아요."

그날 이후 회식 자리에서 나에게 술을 권하는 사람은 없었다. 이 마법 주문으로 수많은 단기 아르바이트 회식 자리에서 해방되었다.

'아빠가 알코올중독이라서 술을 입에도 대지 않는다'라는 말은 사실 반은 진실이고 반은 거짓이다. 아빠는 알코올중독이기도 하고 아니기도 했다. 일주일에 엿새는 술을 마셨고, 술을 마시면 했던 말을 하고 하고 또 했다. 술자리가 없을 때는 집에서 혼자 술병을 깠다. 내가 봤을 때는 중독이었다. 하지만 아빠는 알코올중독 진단을 받아본 적이 없다.

한번은 너무 의아해서 아빠 건강검진 결과를 몰래 뜯어서 본 적이 있다. 아빠는 일주일에 음주 2회, 담배 하루 1개비를 피운다고 거짓말을 했다. 이것이 아빠의 건강 비결이었다.

내가 술을 입에 대지 않는다는 말도 반은 진실이고 반은 거짓이다. 대학교 과 엠티에서 처음 소주를 마셨는데, 한 병을 다 마셔도 나는 취하지 않았다. 동기들이 쓰러지고 예비역 오빠들이 혀가 꼬이기 시작해도 나는 멀쩡했다. 그날 이후 소주를 마셔본 기억이 없다. 우리 아빠도 이렇게 술을 마시기 시작했겠다는 생각이 들자 무서웠다. 술에 진탕 취하면 나도 오징어 젓갈이 담긴 반찬통을 던질 수도 있다. 내 내면에 얼마나 고약한 아이가 살고 있는지 나는 안다.

매번 나에게 술을 권하고 또 권하던 대학 선배가 꽤 진지하게 말했다. "진아야, 가끔은 이렇게 술 마시면서 진짜 모습을 보여주며 친해지는 거야."

속으로 저 선배가 내가 던진 반찬통에 얼굴을 맞아봐야 정신을 차리겠다고 생각했다. 나는 내 진짜 모습에 자신이 없다. 가끔 좋은 사람들과 맥주 한두 캔 정도 마시기도 하지만 안전한 사람들과 안전한 자리에서만 술을 마신다. 담배도 안 피운다. 눈에 띄는 옷을 입지도 않고, 사람들을 자주 만나지도 않는다.

가끔은 내 삶이 단조롭게 느껴지기도 한다. 아마 앞으로도 그럴 것이다.

그럴 때면 나혜석의 그림을 본다. 아주 조금은 위안이 된다.

이 남자와 평생 같이 살 수 있을까

❀ ❄ ✚ ❀ ❄ ❋

딩동!

문자가 왔다. 비가 그친 하늘에 걸린 무지개 사진이다. 며칠 전에 소개팅한 남자가 무지개 사진을 보내왔다. 우리 엄마 카톡 프로필 사진에나 걸려 있을 법한 사진에는 "출근길에 무지개가 예뻐서 보냅니다"라는 구식 멘트도 함께 적혀 있었다. 유치하기도 하고 촌스럽기도 한데, 나는 피식하고 웃고 말았다. 이 소개팅 남은 2년 뒤 남편이 되었다. 글을 쓰고 있는 지금 안방에서 코를 드르렁드르렁 골면서 자고 있다.

무지개 사진을 문자로 받았던 2013년에서 2022년

오늘까지 10년 가까운 시간이 흘렀다. 신혼 초만 해도 남편에게 흰머리가 보이면 깜짝 놀라서 뽑아주었는데, 이제는 보이는 흰머리를 뽑아내면 대머리가 될 만큼 흰머리가 많다. 흰머리 반, 검은 머리 반, 고기 반 물 반이다. 나는 아들 둘을 낳았고, 아무리 살을 빼도 배에 군살이 잡히는, 마흔을 바라보는 아줌마가 되었다. 문득 거울을 봤는데 눈가에 자글자글한 주름이 보인다. 평생 안 바르던 아이크림을 최저가로 검색해본다. 며칠 전에는 대학교 앞 카페에서 글을 쓰는데 옆 테이블에 앉은 대학생 커플이 '어젯밤에 왜 연락이 안 되었냐'를 두고 싸웠다. 그 모습을 보고 너무 귀여워서 웃고 말았다.

어떤 분야든 10년을 붙들고 늘어지면 전문가가 된다고 했다. 남편과 함께 지낸 지 이제 곧 10년이 되어가는데 나는 이 남자에 대해서 얼마나 알고 있을까. 과연 전문가라고 할 수 있을까. 10년 동안이나 사랑을 했는데, 나는 과연 사랑 전문가라고 할 수 있을까. 전문가는 무슨, 점점 더 자신이 없어진다.

누구나 뜨겁게 사랑을 시작한다. 처음 사랑에 빠지면 머릿속에는 온통 그 사람 생각뿐이다. 하늘에 뜬 무지개를 보면서도 그 사람을 생각한다. 내가 종일 그 사람을 생각하는 것처럼 그 사람도 나를 생각해주기를 바라기에 '어젯밤에 왜 연락이 안 되었냐'며 화를 내기도 한다. 뜨거운 사랑은 비교적 쉽다. 배가 고프면 밥을 먹고, 졸리면 자는 것처럼, 사랑에 빠지면 자연스럽게 나타나는 증상들이기 때문이다.

물론 나는 이마저도 쉽지 않았지만. 내가 너를 사랑한다는 마음을 들키면 나의 매력이 떨어지지 않을까, 저 사람이 마음이 떠나면 어쩌지 마음 졸이며, 마음껏 사랑하지도 않은 채 뜨거운 사랑이 지나버렸다.

한 남자와 오래 만나본 적이 없던 나는 결혼 3년 차쯤 미지근해진 나의 마음에 당황했다. '사랑이 식었다'라고 분명히 느꼈다. 남편은 더 이상 보고 싶은 나의 연인이 아니라, 아이를 함께 키우기 위한 노동력이자 일손이 되어버렸다. 내가 설거지를 하고 있으면 다정하게 백허그를 하는 남자를 원하기보다는, 그저 시키지 않아도 알아서 아이 기저귀를 갈아주는 일손을 원한다는 사실을 알게 되었다. 과연 아이들이 다 커버리면 부부 관계를 유지하는 게 과연 가능한 것일지 생각했다.

'정으로 산다'는 말은 우리 엄마에게 수없이 들었던 말이었다. 나는 엄마처럼 살고 싶지 않았으므로 지금의 내 감정이 더 우려스러웠다. 내가 이 남자와 평생을 함께 산다는 것이 가능하기나 한 것일까 걱정하며 말이다.

남편이 아침 출근길, 양복을 입고 음식물 쓰레기봉투를 들고 나간다. 물이 떨어질까 봐 노란색 음식물 쓰레기봉투를 검은 비닐에 한 번 더 넣고, 방금 향수를 뿌린 손목에는 비닐장갑을 끼고 음식물 쓰레기봉투를 들고 나간다. 종일 머릿속에 상대만 생각하던 뜨거운 사랑은 이미 지나가버렸지만, 그는 나를 미지근하게 사랑하고 있었다. 음식물 쓰레기를 버리고, 매일 차려주는 밥에 '고맙다'라고 말한다. 내가 소파에 앉아 있으면 옆자리에 철퍼덕 누워서는 발로 나를 쿡쿡 찔러보며 장난치기도 한다. 내가 두 아이를 키우는 동안 남편은 돈을 벌어왔다. 김 부장의 얼토당토않은 비난의 말을 꿀꺽 삼켜가며 회사에 다녔다. 매월 25일이면 어김없이 월급이 들어왔고, 아파트 관리비와 보험료를 냈으며, 연금 저축을 넣고 아이들에게 소고기를 사줬다.

남편과 함께해온 시간을 되짚으며 분명히 알게 된

사실이 하나 있다. 사랑에는 두 가지 종류가 있다는 점이다. 뜨거운 사랑과 미지근한 사랑이 그것이다. 뜨거운 사랑이 지나고 나면 정 때문에 사는 것도 아니고, 아이 때문에 사는 것도 아니다. 그저 뜨거운 사랑이 미지근한 사랑으로 모습이 바뀌었을 뿐이라는 사실을 알게 되었다.

결혼 10년 차, 사랑 10년 차가 되어서야 알게 되었다. 미지근한 사랑은 의지적인 사랑이다. 뜨거운 사랑처럼 내가 노력하지 않아도 되는 것이 아니고, 내가 의지적으로 선택하는 문제라는 사실이다. 이 사람을 사랑할지 말지의 선택권이 나에게 있는 것이다. 순간마다 의지적으로 주체적으로 사랑해야 한다. 점점 당연하게 여겨지는 상대방의 노력에 고맙다고 말하고, 남편이 좋아하는 과자를 기억해두었다가 장바구니에 넣고, 조금 어색해도 손을 잡고 걸어보는 그런 노력 말이다.

어린 시절 기억 속의 엄마 아빠는 싸우고 있다. 아빠는 한라산 술병을 내던지고 있고, 엄마는 소리를 꽥꽥 지르고 있다. 나는 집 마당에서 나가지도 못하고 들어가지도 못한 채 울고 있다. 아빠는 일주일에 엿새 술을 마셨다. 엿새 마시고 하루는 술병이 나서 쉬었다. 엄마 아빠가 서로 죽일 듯 싸우던 기억은 나에게 화상 자국 처럼 남았다.

어느 날부터인가 엄마는 아빠를 위해 술상을 차리 기 시작했다. 엄마가 궤짝으로 한라산 소주를 사서 집 에 놓았다. 그리고 술 해독에 좋다는 영지버섯 달인 물 을 매일 끓이기 시작했다.

엄마는 어느 순간 아빠를 사랑하기로 선택했던 것 같다. 싸울 만큼 싸웠고 헤어질까 말까 고민도 해보다 가, 그냥 미지근한 의지적 사랑을 하기로 선택했던 것 같다. 그때부터 두 사람이 싸우는 모습을 보지 못했다. 아빠는 밖으로 술을 마시러 다니는 대신 집에서 밥을 먹으며 저녁상에 혼자 소주를 깠다.

둘은 아직도 함께 산다. 눈이 많이 오는 날은 아빠 가 엄마를 마트까지 차로 데려다준다. 아빠가 술을 많 이 마신 날은 엄마가 대리운전을 자처한다. 미지근하게 잘 산다.

철딱서니

❖ ✳ ✝ ❖ ✳ ✳

"아이도 있으신 거 같은데 철딱서니 없이 굴지 말고 부
모님께 잘하세요. 그러다 후회합니다."

　　블로그에 부모님에 관한 글을 올렸다. 웃는 사람도
있었고, 우는 사람도 있었다. 댓글도 많이 달렸다. 그중
에서 가장 마음 아팠던 댓글이다. 이분은 나에게 화를
내고 있지 않다. 과거의 자신에게 화를 내고 있다. 과거
에 철딱서니 없었던 자신을 후회하고 있다. 안타까운 것
은 이분이 과거로 돌아간다고 하더라도, 다시 기회가
주어진다고 하더라도 부모님께 잘하지 못할 것이라는

점이다. 그러니 스스로 화가 나는 거다.

　나는 까다로운 여자 친구였고, 지랄 같은 와이프다. 추운 겨울 눈이 발목까지 쌓인 날, 회식하는 남자 친구를 집 앞까지 오게 했다. 조사 '은/는/이/가' 토씨 하나를 가지고 늘어지기도 했다. 공대생 남편은 나를 만나고 너는 갈 거야?/너도 갈 거야?/네가 갈 거야?의 미묘한 차이를 배워야 했다.

　결혼 초였다. 아이가 없으니 점심 한 끼를 라면으로 때울 수 있을 때였다. 라면을 두 개 끓여 찬밥까지 배불리 말아 먹고 소파에 늘어져 있었다. 싸움의 발단은 남편의 한마디였다.

　"여보, 설거지 내가 도와줄게."
　"뭐라고? 설거지를 도와준다고? 그럼 설거지는 원래 내 몫이란 말이야? 내가 해야 할 일인데 오빠가 도와주는 거라고? 아침에도 내가 했고 어제도 내가 했잖아."

　공격을 다다다 내뱉기 시작했다. 당황하면 코가 빨개지고 커지는 남편이 조용히 일어나 설거지를 했다.

가만히 입 닫고 있으니 내가 좀 너무한 거 같았다. 설거지하는 남편을 쓱 곁눈으로 봤다. 이러다 남편 코가 빵! 하고 터질 것 같았다. 내가 먼저 미안하다고 말했다. 남편은 자주 이렇게 대답했다.

"네가 그렇게 생각했으면 이유가 있겠지."

내가 돈 계산을 잘못했거나, 비행기 표를 잘못 예약했을 때도 이렇게 대답했다. 친구와 불편한 감정을 말할 때도 남편은 이렇게 대답했다. 나는 나의 과거와 실수를 용서하지 못했다. 자신도 용서하지 못하는 나를 남편은 용서해주었다. 덕분에 나는 수치스럽고 추한 감정들을 드러낼 수 있었다. 고름이 줄줄 나오고 악취가 나는 그런 상처를 비로소 드러낼 수 있게 되었다. 나의 감정과 경험이 창피한 것이 아니라 위로하고 위로받을 수도 있는 것임을 배웠다.

"이제 아이도 있으신 거 같은데 철딱서니 없이 굴지 말고 부모님께 잘하세요. 그러다 후회합니다."

이 댓글은 어쩌면 미래의 내가 지금의 나에게 하는 말일지도 모른다. 미래의 나는 과거의 나에게 화가 많이 나 있는지도 모른다. 과거에 철딱서니 없었던 자신을 후회할 수도 있다. 안타까운 것은 나에겐 기회가 있지만 지금 부모님께 잘하지 못한다는 점이다. 한숨을 크게 쉬고 전화해보지만 결국은 또 마음이 상한 채 전화를 끊는다. 전화하지 않는 편이 나았다고 생각한다. 그래서 대댓글을 남기는 대신 조용히 삭제한다. 보고 있으면 마음이 아프기 때문이다.

난 엄마의 감정 쓰레기통이 아니야

❀ ✳ ✜ ✿ ✲ ✳

엄마가 화가 잔뜩 나서 씩씩거리며 나에게 쏘아붙였다.

"너 결혼하고 정신 어떵 되부러시냐?"
(너 결혼하고 정신이 나간 거 아니니?)

'결혼하고 정신이 나간 게 아니야. 정신과 치료는 진작부터 받고 있었어. 이미 정신병자인데 엄마가 모른 거지.' 목구멍까지 올라온 말을 간신히 꿀꺽 삼켰다. 언제부터일까. 나는 왜 삼 남매 중에 유일하게 '엄마가 아무 말이나 다 해도 되는 자식'이 되어버린 걸까.

내가 결혼하자 엄마는 갑자기 친한 척을 하기 시작했다. 핸드폰에 '발신인 엄마'가 뜨면 둘째 딸 마음이 얼음처럼 꽁꽁 얼어붙는 걸 아는지 모르는지 엄마는 자꾸만 나에게 전화를 했다. 논문을 쓰느라 한창 바쁜 어느날, 따르릉 전화가 와서는 다짜고짜 남동생 욕을 실컷했다.

"아들놈은 돈 모을 생각은 안 허고 매일 놀러만 다넘쪄. 이젠 그놈한테 바라는 거 아무것도 어쩌."

아들 욕으로 시작한 푸념은 언제나 언니 걱정으로 끝이 났다.

"큰딸은 밥 잘 먹고 공부햄신가이…."

스피커폰을 켜두고 노트북 타자를 치며 건성으로 들었다. 엄마는 혼자 화가 났다가 또 혼자 마음이 조금 차분해져서는 전화를 끊었다. 어느 날은 치킨을 시켜놓고 먹으려고 후라이드 닭다리를 앙 물려고 하는데 전화벨이 울렸다. 빨랠랠래, 발신인 엄마. 엄마 목소리가 한결 가벼웠다. 내 안부를 묻는 척하더니 별안간 맥락에도 안 맞는 아들 칭찬을 시작한다.

"그래도 아들놈도 다 생각이 이신 거 같아. 무슨 정

규직 시험도 준비하는 거 같고이."

내겐 동생이 정규직이 되는 것보다 치킨이 식기 전에 먹는 것이 중요했다. 스피커 폰을 틀어놓고 건성으로 들으며 쩝쩝 치킨을 먹었다. 그러거나 말거나 엄마는 자기 할 말을 했다. 엄마의 말에는 용건도 없고 기승전결도 없었다. 그저 머릿속에 모든 생각과 감정을 나에게 쏟아내며 내 몸을 흰 종이 삼아 마인드맵을 하는 것 같았다. 나에게 딱히 무슨 대답을 원하는 것도 아니었다. 그냥 들어줄 사람이 필요한 것 같았다. 엄마가 아무 말 대잔치를 시작하면 나는 묵묵히 듣고 있었다. 그냥 스피커폰을 틀어두고 하던 일을 계속하는 것쯤은 별것 아니었다.

이렇게 자연스럽게 나는 엄마의 감정 쓰레기통이 되어갔다. 좋은 감정 나쁜 감정을 모두 쏟아냈지만 엄마도 혼자 감당하기 힘든 나쁜 감정이 대부분이었다. 요양원에서 중증 치매로 세 살짜리 아기가 되어버린 자신의 아버지를 보고 온 날, 아빠와 싸운 날, 아버지가 돌아가시고 재산 분할로 형제들끼리 얼굴 붉힌 날, 아들이 술 마시고 늦게 들어와 자는 모습이 꼴 보기 싫은 날,

점집에서 언니에게 "관운이 없다"라는 말을 들은 날, 엄마는 어김없이 나에게 전화했다.

엄마의 감정 쓰레기통 노릇이 처음엔 조금 짜릿했다. 얼굴에 뾰루지가 났을 때 짜내면 흉이 날 걸 알면서도 짜내는 것처럼, 그런 묘한 기분 좋은 감정이 생겼다. 평생 언니와 동생에 치여서 엄마의 관심을 이렇게 오롯이 받아본 적이 없었다. 뭔가 조금 잘못된 것 같기는 하지만 그래도 난 항상 엄마의 전화를 거부하지 않았다.

엄마의 전화를 거부하게 된 건 내가 아이를 낳고 나서다. 아이를 낳고 나니 내 마음속 감정 쓰레기통에 여유가 없었다. 내가 내 속에서 만들어낸 분노와 두려움이 가득해서 엄마의 그것을 받아줄 여력이 되지 않았던 것이다. 이미 꽉 차 있어서 엄마의 감정까지 들어오면 출렁하고 넘쳐서 내 온몸을 덮쳐버렸다.

유튜브에 '아기 기저귀 가는 방법' '아기 목욕시키는 방법'을 검색하고 있었다. 그럴 때 전화가 왔다. 엄마가 무슨 말을 하든 나의 마음은 이미 화가 나 있었다. 애는 잘 자고 있느냐는 말도 기분이 나빴다. 걱정되면 와서 애라도 좀 봐주지 하는 생각이 들었다.

그러던 어느 날이었다. 아이를 데리고 친정에 갔다가 내 묵은 감정이 폭발하고 말았다. 엄마 아들 자랑하는 거 듣기 싫다부터, 아기 봐줄 거 아니면 내 집에 오지 말아라, 왜 이제 와서 내가 하는 일에 참견이냐. 난 미친년처럼 말을 이어나갔다.

"뭐? 애 낳으면 부모 고마운 걸 안다고? 난 애 낳아 보니까 이렇게 예쁜 아기를 엄마는 왜 그렇게 귀찮아했을까 그 생각밖에 안 들어."

엄마는 입이 떡 벌어져서 아무 말도 못 하더니 어버버버 자리에서 일어나며 말했다.

"너 결혼하고 정신 어떻 되부러시냐?"

엄마는 당황했다. 그리고 우리를 돌려보내고 하루가 지나서 사위에게 카톡을 보냈다. 진아가 섭섭한 게 많은 것 같다고 잘 다독여주라고 했다. 그 후로 몇 번 자잘하게 둘째 딸은 엄마의 말을 끊고 지랄발광을 했고, 그때부터 엄마는 나에게 전화하지 않는다. 내 앞에서 말을 아낀다. 무슨 말을 하려다가도 갑자기 브레이크를 건 듯이 끽 하고 멈춘다.

그 후로 우리는 가끔 통화한다.

"엄마 별일 없지?"

그럼 엄마는 "응 별일 없져" 하고 전화를 끊는다.

나는 그때부터 정신과를 간 적이 없고, 엄마는 동창회에 나가기 시작했다.

해피엔딩, 룰루.

급식실에서 일하는 엄마를 보았다

✿ ✳ ✞ ✿ ✳ ✳

그때가… 아마 내가 중학교 2학년이었을 거다. 맞다. 중학교 2학년이 확실하다. 두 살 터울로 같은 중학교에 다니던 언니는 근처 여고로 진학했고, 나 혼자 등교하게 되었을 때니까.

언니는 선도부였다. 아침이면 조금 일찍 등교해 교문 앞에 서서 친구들의 복장과 명찰을 확인하는 그 선도부 말이다. 명찰이나 학교 배지를 잘 달았는지, 교복을 단정하게 입었는지를 단속하는 것까지는 그렇다 치더라도, 도대체 왜 머리를 완전히 말렸는지를 단속하는지는 도무지 이해되지 않았다. 바쁘면 등교하면서 말릴 수도 있는 것 아닌가. 더 이해할 수 없는 것도 있었다. 신발을 너무 크게 신고 다니면 잡았다. 내가 내 신발을 크게 신어서 벗겨지든, 작게 신어서 물집이 잡히든 무슨 상관이란 말인가.

중학교 1학년이던 나의 눈에는 불합리하고 이해 안 되는 규칙이 너무나 많았다. 무엇보다 저런 규칙을 앞장 서서 강요하는 나의 언니가 가장 이해가 안 되었다. 어 쨌든 나는 선도부 언니의 동생이었다. 아침에 10분 일 찍 일어나서 머리를 감고 드라이어로 말렸고, 명찰과 배 지를 확인했고, 딱 맞는 운동화를 신고 등교했다. 중학 교 세계사 시간에 독일 나치 정부와 아우슈비츠에 대해 서 배우며 '게슈타포'라는 단어를 들었는데, 자연스럽게 게슈타포와 선도부를 연관지었다.

언니가 졸업하고 나는 중학교 2학년이 되었다. 이 제 숨 좀 쉴까 싶었는데, 엄마가 학교에 나오기 시작했 다. 그것도 급식실로.

초등학생일 때는 학생들 부모님이 돌아가면서 급식 당번을 했었던 걸로 기억한다. 그래서 자기 부모님이 급 식 당번으로 올 때는 아이들이 모두 부러워했다. 나도 그때는 엄마가 오는 게 좋았다. 중학생이 되니 아니었다. 중학교는 아이들 부모님이 돌아가면서 급식 봉사를 하는 게 아니고, 엄마 중에 지원한 사람들이 하루 일당을 받고 급식을 만들었다. 엄마는 급식실에 취업했다.

점심시간 흰옷과 흰 모자를 쓰고, 분홍색 반질반질한 앞치마를 입고, 또 파란 장화를 신은 엄마가 급식실에서 밥을 만들고 있었다. 배식을 받고 있으면 엄마는 저기 뒤에서 설거지를 하고 있었다.

매주 수요일은 특식이 나왔다. 함박스테이크나 짬뽕, 닭꼬치, 짜장면 같은 음식이 나왔고, 요플레나 핫도그도 나왔다. 수요일 4교시 종이 치면 아이들은 다다다다 급식실을 향해 뛰어갔다. 길게 선 줄 사이에서 나도 배식을 받기 위해 친구들과 기다리고 있었다. 오늘은 잔치국수에 핫도그가 나왔다. 앞에 서 있는 남자아이는 같은 반인데 내가 싫어하는 아이였다. "아줌마, 저 오늘 생일이니까 핫도그 두 개 주세요." 그러자 뒤에 서 있던 친구가 말했다. "아줌마, 저 새끼 구라예요, 생일 이미 지났어요."

이러느라 배식이 늦어지고 있었다. 나는 식판을 들

고 가만히 서서 엄마를 찾았다. 오늘도 저기 뒤에서 엄마가 설거지를 하고 있었다. 오늘도 역시 분홍색 반질거리는 앞치마를 입고, 파란 장화를 신고 있었다. 도대체 저 물은 몇 도일까 생각했다. 100도의 물에서는 저렇게 연기가 펄펄 나지 않을 텐데. 200도의 물도 있을까? 어쩜 저렇게 연기가 많이 나지? 생각했다. 왜 우리 엄마는 저기서 설거지를 하고 있을까? 설거지보다는 배식이 조금 쉬울 텐데, 자기 오늘 생일이라고 구라 치는 아이들은 좀 있어도, 그래도 밥주걱으로 밥을 퍽퍽 퍼주거나 아니면 비닐장갑을 끼고 핫도그를 하나씩 나눠 주는 일은 조금 쉬울 텐데 왜 항상 설거지하고 있을까?

이런 생각을 하고 있는데 앞치마와 장화를 신지 않은 어떤 아줌마가 엄마에게 다가오더니 말했다. "이거 이렇게 하면 안 되지! 지난번에도 말씀드렸잖아요."

목소리가 얼마나 카랑카랑한지 조리실이 방방 울리도록 쏘아붙였다. 그때 엄마의 반응이 인상적이었다. 작은 목소리로 뭐라고 대답을 했는지 아니면 아무 말도 하지 않았는지는 모르겠다. 하여튼 우리 엄마가 고분고분 말을 듣는다. 엄마의 저런 모습은 처음 본다. 바로 지난주에 시장에서 산 배추가 반을 갈라서 보니 속이다 썩어 있었는데, 엄마는 그 배추를 들고 채소 가게로 직행했고, 이미 잘라버려서 환불은 안 되고 교환만 된다는 말에 배추를 집어 던지고 결국 환불을 받아낸 사람이었다. 나의 머릿속엔 이런 엄마가 익숙하므로 지금 내 눈앞에서 남 앞에서 고분고분 머리를 조아리는 그 모습이 생경했다.

다음 날 아침에도 엄마는 아무렇지도 않게 옷을 입고 나와 함께 등교했다. 나는 교실로 향했고 엄마는 다시 급식실로 갔다. 수업을 듣고 있으면 음식 냄새가 솔솔 풍겨왔는데, 더운 여름날 고소한 튀김 냄새가 날 때면 기름 앞에서 튀김을 만들고 있을 엄마를 잠깐씩 생각하기도 했다.

엄마는 내가 중학교 3학년을 졸업할 때까지 급식실에서 일했다. 어느샌가부터 엄마는 설거지를 하지 않았다. 처음엔 국을 배식하다가 나중에는 밥을 배식했고, 내가 졸업할 때쯤 되니 비닐장갑을 끼고 핫도그를 하나씩 툭툭 올려주는 일을 했다.

점심 급식에서는 닭꼬치를 딱 하나씩밖에 주지 않았다. 오늘이 진짜 생일인 친구도 딱 하나만 먹을 수 있었다. 학교가 끝나고 집에 와보면 식탁 위 검은 비닐에는 차갑게 식은 닭꼬치가 있었다. 전자레인지에 데워 먹으면 맛있었다. 이런 날에는 엄마가 급식실에서 일하는 게 조금 좋기도 했다.

엄마는 주말이면 가끔 이모와 통화하면서 고등학교도 졸업시켜주지 않은 할아버지를 원망했다. 그래서일까. 엄마는 학원비에 돈을 아끼지 않았다. 엄마가 급식실에서 하루 일당을 받기 시작하면서부터, 고등학교에 진학한 언니가 수학 학원에 다니기 시작했고, 나는 중국어 학원에 다니기 시작했다. 엄마가 학원비를 흰 봉투에 담아서 건네줄 때면 난 혹시나 돈을 잃어버리지는 않을까 하고 몇 번이고 가방을 확인하곤 했다. 엄마가 건네준 돈에서는 음식 냄새가 났다.

싸우는 엄마 아빠를 보면서 자랐다

❖❋❖❖❋❋

어린 나는 속수무책으로 엄마 아빠가 싸우는 모습을 눈에 담아야 했다. 대부분은 말싸움이었다. 엄마 아빠가 대화를 시작하면 어김없이 언성이 높아지기 시작했고, 아빠가 뜬금없이 발끈해서는 욕을 하기 시작했다. 보통은 엄마가 슬슬 자리를 피하면서 사건이 마무리되었다. 물건이 날아다니기도 했다. 어차피 유리 조각을 치워야 하는 건 엄마니까 엄마는 물건을 던지지는 않았다. 대신 사시미 칼을 집어 들고 나무 도마가 움푹 패도록 생고기를 썰면서 화를 표출했다. 산산조각이 난 유리문이나 번쩍이는 사시미 칼이나 어린 나에게 무섭기는 마찬가

지였다.

　드물지만 몸싸움을 하기도 했다. 작은 방에서 공주 색칠 놀이를 하고 있는데 안방에서 언성이 높아지더니 비명이 들렸다. 문을 열어보니 엄마 아빠가 뒤엉켜서 바닥에 누워 있었다. 아빠는 공격했고 엄마는 방어했다. 생고기를 탁탁 자르고, 20킬로그램짜리 귤 상자를 척척 나르던 기초 체력이 있어서인지 엄마도 만만한 상대가 아니었다. 엄마는 방어를 잘했다. 다행이었다. 옆집처럼 엄마 아빠가 싸움이 나도 구급차나 경찰차가 출동하지는 않았다.

　싸움이 일단락되면 아빠는 담배를 피우면서 현관을 나섰다. 아빠가 없으면 집이 조용하니 좋았다. 현관을 나선 아빠는 술을 마시고 밤늦게 들어왔다. 2차전이 있는 날도 있었고, 조용히 넘어가는 날도 있었다. 밤늦게 싸운 날도 안 싸운 날도 다음 날 아침 된장국은 짰다. 엄마가 화가 났다는 뜻이다. 아빠가 밖에 가면 엄마의 마음속 화는 언제나 우리 삼 남매에게 돌아왔다. 아빠가 엄마에게 준 화는 엄마 마음속에서 더 크고 단단해져서 우리 삼 남매에게 골고루 돌아갔다.

주로 남동생이 희생양이었다. 남동생은 엄마의 표현을 빌리자면 "맞을 짓만 골라서" 했다. 컵에 든 우유를 들고 뛰어다니다가 꼭 이불 위에 쏟았다. 엄마가 뜨겁다고 몇 번 주의를 줘도 방심한 틈에 사골 끓이는 냄비에 손을 담갔다. 이웃집 형이랑 놀다가 화장실 유리문을 깨서 응급실에 간 적도 있었다. 한여름에 오른쪽 팔에 깁스를 했는데, 깁스를 푸는 날 동생 팔에서 걸레 썩는 냄새가 났다. 눈을 깜빡이고 어깨를 들썩이는 틱 증상이 꽤 오래가서 동생을 볼 때마다 엄마의 불안감이 켜졌던 것 같기도 하다. 동생은 거의 매일 욕을 들었다.

제대로 맞는 건 언니였다. 언니는 할 말을 다 했다. "엄마랑 아빠는 싸우면서 우리는 왜 싸우면 안 돼?"라든지, "엄마는 옷 사면서 나는 왜 안 사줘?" 같은 말들이다. 나도 언니와 비슷한 생각을 했지만 나와 언니가 다른 점이 있다면 나는 입 밖에 내지 않았다. 남편에게 쌍욕을 들은 다음 날, 막내아들이 우유 쏟은 이불 빨래를 오전 내내 하고, 눈 깜빡임이 초등학교 들어가기 전까지는 없어져야 하는데 걱정이라며 이모와 전화기를 붙들고 통화하곤 했다. 그런 날, 엄마가 잔뜩 지쳐 있을 때 언니의 말대꾸에 엄마는 결국 폭발하곤 했다. 언니는 파

리채로 맞았다.

　나는 말리지 않았다. 말리다가 나도 맞을 게 분명했기 때문이다. 나는 또 속수무책으로 싸우고 또 싸우는 장면을 보고 있었다. 우리 집에서 맞지 않는 건 나밖에 없었지만 제일 큰 상처를 받은 것도 나다. 아이를 때린 날이면 엄마는 저녁에 치킨을 사 왔다. 우리 집 주변에는 과수원밖에 없었다. 치킨 배달도 되지 않는 외진 곳이었다. 엄마는 자주색 오토바이를 타고 시내까지 가서 양념 치킨 한 마리를 사 왔다. 삼 남매는 좋아서 히히 웃으며 맛있게 먹었다. 내가 두 아이의 엄마가 되고 나서 생각해보니, 양념 치킨을 사서 오토바이 타고 오는 길에 엄마는 울었을 것 같다. 아빠도 담배를 뻑뻑 피우며 혼자 걷고 있으면 눈물이 날 것 같아서 술을 마셨는지도 모른다.

　어린 나는 많은 것을 이해하지 못했다. 엄마 아빠의 쌍욕 섞인 대화를 들으며 어린 내가 결론을 낸 싸움의 원인은 두 가지였다. 아이들과 돈이었다. 싸울 때마다 돈 얘기, 자식들 얘기가 나왔기 때문이다. 엄마 아빠가 싸우는 이유가 나 때문이라 생각했다. 분명히 그렇게 생각했다. 나는 어렸다. 엄마 아빠의 싸움을 그저 남녀 싸움이라고 이해할 수 있는 아이는 없다. 나는 이렇게 점점 더 예민하고 조용하고 속 모르는 아이가 되어갔다.

첫아이를 임신하고 만삭의 몸이었을 때 A4 용지 한 장을 꺼냈다. 그리고 검은색 굵은 매직펜으로 힘주어서 쓴 다음 냉장고 문짝에 붙였다.

1. 아이 앞에서 절대 싸우지 말 것
2. 무슨 일이 있어도 아이를 때리지 말 것

엄마는 항상 여기에 있어

✤✱✢✿✱✽

엄마 아빠의 싸움이 잦아질 때쯤 나에게는 버릇이 하나
생겼다. 아침에 일어나면 엄마의 신발이 있나 꼭 확인했
다. 내 방 미닫이문을 열면 바로 현관 신발장이 보였고
왼쪽은 안방이었다. 안방 문을 열어보기 전에 엄마의 신
발이 있나 없나 확인했다. 매일 아침 신발장을 보고 엄
마 신발을 확인하고도 마음이 놓이지 않아서 안방 문을
열어서 엄마가 있는 걸 확인했다.

　엄마가 밥을 차리고 그 밥을 아빠가 먹으면 나는
그제야 음식이 입에 들어갔다. 서로 말을 하지 않아도
엄마가 밥을 차려주고 아빠가 그 밥을 먹고 있으면 마

음이 놓였다.

엄마가 집을 나갈까 봐 불안했다. 내가 엄마라면 그냥 혼자 살고 싶었을 것 같다. 두 살 터울의 아이 셋과 매일 술을 마시는 남편이 사는 집에서 벗어나고 싶었을 것 같다. 엄마가 맛있는 음식을 차려주면 나는 두려웠다. 엄마가 마지막으로 맛있는 음식을 차려주고 아이들을 떠나는 장면을 TV에서 봤기 때문이다. 그토록 엄마가 떠나는 것이 두려웠던 이유가 뭘까 생각해본다.

공항 화장실에서 하준이를 잃어버린 적이 있다. 하준이는 1년이 지난 지금까지도 밤마다 그 이야기를 한다. 화장실에서 아빠를 잃어버려서 울면서 햄버거 가게로 들어갔고, 선생님처럼 보이는 머리가 긴 여자에게 아빠를 찾아달라고 했다. 그런데 선생님이 너무 바빠서 그냥 가버렸다. 그때부터 울음이 나왔고 화장실을 찾아야 하는데 눈물이 너무 나서 화장실이 보이지 않았다고 했다. 그때 멋있는 옷을 입은 아저씨가 아빠를 찾아주겠다고 데리고 갔는데, 손을 잡은 아저씨가 혹시나 나쁜 사람이면 어쩌지 생각이 들어서 다리가 후들후들 떨렸다고 한다.

남편은 목이 터져라 하준이를 부르면서 찾아다녔다. 고객 센터로 가서 미아 찾기 방송을 부탁하고 정신없이 뛰어다니고 있는데 항공사 직원의 손을 잡고 울고 있는 아이를 발견했다. 남편은 첫아이와 단둘이 제주도에 다녀오는 길이었다.

남편이 아이를 공항에서 잃어버렸다는 이야기를 처음 들었을 때 설거지하던 내 손은 부들부들 떨렸다. 육아하느라 지친 나를 위해 아이를 데리고 1박 2일 제주도에 다녀온 남편에 대한 고마움도 모두 잊고, 결국 안전하게 돌아온 감사함도 잊고, 나보다 더 놀라고 힘들었을 남편에 대한 위로도 모두 잊었다. 너무 화가 나서 눈물이 났다.

내가 이렇게 글을 쓰기로 마음먹은 것처럼 하준이는 매일매일 그때 이야기를 하면서 상처를 씻으려 한다. 그 이야기를 듣고 있으면 마음이 '쿵' 하고 내려앉는다. 아침에 일어나보니 엄마가 집을 나가버린 것을 알게 된 아이처럼.

처음에는 아빠를 잃어버린 생각이 나서 눈물이 난다던 하준이는 이제 제법 웃으면서 그때 일을 이야기한다. 다음에 잃어버리면 아빠의 방귀 냄새로 찾아야겠다고 한다. 아빠 방귀 냄새는 아주 지독하니까 그 냄새를 따라가면 틀림없이 아빠일 거라고 이야기한다. 아니면 아빠가 춤을 추는 방법도 있겠다고 한다. 아빠는 춤을 아주 잘 추니까 사람들이 몰려들 테고 그러면 금세 아빠를 찾을 수 있을 거라고 한다.

나도 이제는 아이에게 위로를 건넨다.

"하준아, 괜찮아. 엄마는 아무 데도 안 가. 엄마가 하준이 없이 어떻게 살아. 절대 아무 데도 안 가. 잃어버리면 꼭 다시 찾을 거야. 무슨 일이 있어도 찾을 거니까 마음 놓고 푹 자. 아직도 무서우면 엄마 안고 자."

사실 아이에게 하는 모든 말은 나를 향한 말이기도 했다. 내가 듣고 싶었던 말, 내가 들어야 했던 말이다.

아이에게서 나의 모습이 보일 때

❦ ❊ ✝ ♣ ❊ ❋

내가 어릴 적이었다. 1년에 한 번씩 우리 집에 고추장 할머니가 오셨다. 할머니는 머리에 짐을 잔뜩 이고는 웃는 얼굴로 인사했다. "마이 컸네? 이제 몇 살이제?"

할머니 말투는 동네 할머니들과 많이 달랐다. 더 어릴 적 나는 고추장 할머니가 북한 사람인 줄 알았다. 할머니는 보따리 짐을 주섬주섬 펼쳤다. 고추장을 만드는 데 필요한 재료들이 가득 들어 있었다. 나는 부엌에서 멀찍이 앉아 구경했다. 빨간 고춧가루가 진득한 액체가 되는 과정은 보고 또 봐도 재미있었다. 동화 속에서 봤던 마녀가 마법 수프를 만드는 장면 같았다.

할머니가 오시는 날 엄마는 창고에 있던 커다란 전기밥솥을 준비했다. 할머니가 오시면 제일 먼저 하는 일은 전기밥솥에 엿기름을 넣고 보온 버튼을 누르는 일이다. 엄마가 커다란 전기밥솥을 꺼내는 날은 1년에 두 번이었다. 식혜 만드는 날과 고추장 만드는 날이었다. 두 번 모두 집 안에 엿기름의 달콤한 냄새가 진동했다.

집에서 가장 커다란 스테인리스 그릇에 빨간 고춧가루가 가득 담겼다. 따뜻한 엿기름 물을 붓고, 하얀 가루를 넣었다. 하얀 가루가 펄펄 날리던 기억이 난다. 소금은 아닐 테고 아마도 밀가루나 전분이었을 것이다. 마지막으로 조청을 넣었다. 쌀 조청은 할머니가 항상 준비해 오셨다. 할머니 보따리짐 속에는 곰돌이 푸에 나오는 꿀단지 같은 작은 항아리가 있었다. 거기에 쌀 조청이 들어 있었다. 할머니가 직접 만든 것이었다. 조청까지 넣어서 휘휘 저으면 따뜻한 고추장 냄새가 났다. 떡볶이집 앞을 지날 때면 나는 따뜻한 고추장 냄새 말이다.

부엌 멀찍이 앉아 조용히 구경하고 있으면 할머니는 나를 불렀다. 항아리에 붙어 있는 쌀 조청을 숟가락으로 박박 긁어서 내 입에 넣어주었다. 어린 나는 이것 때문에 부엌에 앉아 있었는지도 모른다.

"저리 다 나가 있어! 부엌에 얼씬도 하지 마"

그날은 다 망쳤다. 또 남동생이 말썽이었다. 남동생이 부엌을 휘젓고 다니다가 조청 항아리가 깨졌기 때문이다. 달콤한 쌀 조청 한 숟가락을 기대할 수 없었다. 엄마는 화가 나서 소리를 빽 질렀다. 나는 풀이 죽어 부엌을 나왔다.

남동생과 아옹다옹하며 거실에서 놀고 있었다. 화장실이 가고 싶었다. 화장실에 가려면 부엌을 가로질러 가야 했다. 엄마가 부엌에는 얼씬도 하지 말라고 해서 참고 또 참았다. 도저히 안 되겠다 싶어 까치발로 부엌을 가로질러 화장실에 갔다. 볼일을 보고 거실로 돌아오다가 깨진 항아리 조각을 밟았다. 따끔했다. 발에서 피가 났다. 나는 서둘러 부엌을 빠져나왔다. 꽤 깊숙이 조각이 박혔는지 피가 철철 흘렀다. 엄마에게 다쳤다고 말하는 대신 옷장에서 두꺼운 양말을 꺼내 들었다. 양말을 신었는데 흰 양말이 빨간 피로 물들기 시작했다. 서둘러 실내화를 신었다. 토끼 모양 털 실내화를 꺼내 신었다. 발이 따끔따끔했는데 이러지도 저러지도 못하고 그러고 있었다.

나중에 어떻게 되었는지는 기억이 나지 않는다. 토

끼 실내화 밑바닥이 조금씩 피로 물들었던 기억까지만 난다. 엄마가 나를 혼낸 것 같지는 않다. 아마도 조금 놀라서는 이게 뭐냐며 상처를 치료해주었을 것이다. '괜찮아, 엄마에게 말하지 그랬어, 어디 보자'라고 다정하게 타이르는 사람은 아니었다. 그렇다고 발에 피를 흘리는 자식을 보고 등짝을 때릴 만한 사람도 아니었다.

사춘기가 되기 훨씬 전부터였다. 엄마에게 나의 고민과 걱정을 털어놓지 않았다. 엄마가 싫어서가 아니었다. 혼날 것 같기도 하고, 또 걱정시키고 싶지 않았다. 엄마가 혼내지 않아도 혼날 것 같은 기분이 항상 들었다. 나는 유리그릇 같은 아이였다. 11층 아파트 꼭대기에서 떨어뜨려도 깨지지 않는 스테인리스 그릇 같은 엄마한테서 어떻게 나 같은 딸이 나왔는지 신기할 만큼 난 여리고 섬세했다. 엄마는 나에게 항상 사랑을 주었지만, 스테인리스 그릇 사랑은 나에게 자주 상처가 되었다.

첫아이가 태어났다. 유리그릇 같은 엄마에게서 유리그릇 같은 아이가 태어났다. 기분이 좋을 일도 많고 슬플 일도 많은 아이였다. 좋아하는 것도 많고 싫어하는 것도 많았다. 웃기도 많이 웃고 울기도 많이 울었다.

새끼 코알라처럼 엄마 품에 찰싹 달라붙어서 곁눈으로 세상을 조심조심 관찰했다. 사람의 머리에 세상의 모든 감각을 수신하는 안테나가 하나씩 달려 있다면 하준이는 안테나가 두 개 아니 세 개는 달린 아이였다. 나의 어린 시절을 보는 것 같은 아이였다.

내가 화가 나서 설거지를 하고 있으면 하준이는 저기 안방 구석에서 나를 힐끔힐끔 쳐다봤다. 하준이는 엄마가 어떻게 하면 기분이 좋아질까 이리저리 궁리했다. 평소에는 아무리 잔소리해도 하지 않던 장난감 정리를 했다. 그러고 나서도 엄마가 표정이 안 좋아 보이면 조용히 종이와 펜을 꺼내서 '엄마 사랑해요'라고 쓴 편지를 내밀었다. 그럴 때면 내 마음은 견딜 수 없이 힘들었다. 나와 비슷한 나의 아이가 내가 어린 시절 받았던 상처와 비슷한 상처를 받을 때, 아이에게서 나의 모습이 보일 때, 그때 나는 견딜 수 없이 힘이 들었다. 마음 깊은 곳부터 도미노처럼 좌르르 무너져 내리는 느낌이 들었다. 아이가 떼를 쓰며 바닥에 드러누울 때가 아니라 이럴 때 나는 힘이 들었다. 어린 시절 내가 느꼈던 감정이 올라왔기 때문이다. 아프고 속상해도 속으로 참던 기억, 이렇게 해서라도 엄마의 관심과 사랑을 받고 싶었던 그 기억들이 떠올랐다.

어떻게 해야 좋을지 나는 항상 헤맸다. 유리 같은 아이를 처음 키워봤고 더군다나 유리 같은 섬세한 사랑을 받아본 적이 없기 때문이다. 그저 내가 어린 시절 듣고 싶었던 말, 하지만 듣지 못했던 말을 해주곤 했다. 단어 하나하나와 단어 하나의 억양이나 강세까지 신경쓰면서, 나의 마음이 너에게 닿기를 바라는 마음으로.

"하준아, 엄마 속상한 것 같아서 편지 쓴 거야? 엄마 하준이 때문에 화난 거 아냐. 그냥 엄마도 조금 피곤할 때가 있어. 하준이도 종이접기 잘 안 되면 엄마한테 막 화낼 때 있지? 그래도 엄마 싫은 거 아니잖아. 엄마도 마찬가지야."

내가 하준이를 키운 게 아니다. 하준이가 날 키워주었다.

부부가 싸우는 진짜 이유

❖❅❖❁❅❋

사건의 발단은 어젯밤이었다.

첫째 아이가 물건을 숨기는 놀이에 재미를 붙였다. 두 아이는 거실에서 제각각 놀고 있었고, 나는 부엌에서 저녁밥을 준비하고 있었다. 남편이 퇴근하기 전에 아이들 밥을 먹여놓아야 한다. 그래야 남편이 아이들과 놀면서 간단한 저녁을 먹는 사이 내가 설거지를 하고, 아이들을 달래 목욕시키고 나면 아슬아슬 9시를 맞출 수 있기 때문이다.

보글보글 끓는 미역국을 한 번 휘젓고, 잔멸치를 볶고 있는데 첫째 아이가 장난기 가득한 얼굴로 묻는다.

"엄마, 이제 국자 필요하지 않아? 키득키득."

둘째 아이는 형이 웃으면 그냥 따라 웃고, 형이 뭘 하면 무조건 따라 한다. 4년간의 체험 끝에 형이 하는 놀이는 다 재미있다는 것을 깨달았기 때문이다. 어느새 둘째는 형 꽁무니에 붙어서 실실 웃고 있다.

아이들 식판 두 개에 밥을 담고, 멸치를 놓고, 백김치를 놓고, 이제 국만 뜨면 되는데 국자가 없다.

"애들아, 국자 어디에다 뒀어?"
"으하하 하하. 엄마가 한번 찾아보시지~~."

두 아이가 신이 났다. 내 머릿속에 계산된 9시 취침 시간까지의 계획에 차질이 생겼다. 아이들이 이렇게 즐거워하는데 찾는 척하면서 "여기도 없네? 어딨지?" 이정도 장단 맞춰주는 일이 뭐가 그리 힘들다고 짜증 섞인 말을 내뱉는다.

"애들아, 국자 어디 뒀어, 꺼내 와."

눈치 빠른 첫째는 엄마가 장단을 안 맞춰주자 터덜

터덜 걸으며 말한다.

"아, 재미없어. 이불 안에 있어. 엄마가 직접 가져오시든지."

첫째는 이미 김이 빠져서 소파에 털썩 앉아버렸다. 아직 상황 파악을 못 한 둘째는 아직도 신이 났다. 히히덕 웃으면서 이불 속으로 들어가서는 국자를 손에 쥐고 뛰어와서 엄마에게 보여준다.

"여기 있~~~~~~~~~~~~~~~~~지. 메롱."

밥을 먹고 있는데 삑삑삑삑 현관문이 열리고 남편이 돌아온다. 아이들을 밥 먹던 숟가락을 내려놓고 소리 지르며 아빠에게 달려간다.

"아빠 왔다!!"

밥을 서둘러 먹은 아이들은 다시 숨기기 놀이를 시작했다. 물론 만만한 아빠가 타깃이다. 아빠 안경을 이리저리 숨겨가며 논다. 엄마가 아무리 잔소리를 해도 들리지 않는 눈치다.

"얘들아, 조심조심. 아빠 안경 소중한 거야."

"얘들아, 아빠 안경 망가지면 내일 회사 못 나가. 조심히 만져~."

아이들은 다 안다. 집안에서 누구한테는 어느 정도의 장난까지가 허용되는지 안다. 아이들에게 아빠는 엄마처럼 눈치를 보지 않아도 되는 사람이다.

그렇게 책장 위에도 한 번 숨겼다가 찾고, 아빠 옷장에 한 번 숨겼다가 찾았다. 내가 설거지를 하는 사이 뭐가 그렇게 즐거운지 모른다. 아빠가 잘 안 보이는 눈을 흐리게 뜨고 이리저리 더듬어가며 안경을 찾아내면 아이들은 너무너무 웃겨서 '아이고, 배야" 소리를 내면서 웃었다.

다음 날 아침 일어나 아빠가 출근하려 하는데 안경이 안 보인다. 분명 찾아서 책장 위에 둔 것 같다고 하는데 아무리 찾아도 보이지 않는다.

"오빠, 먼저 씻고 출근 준비하고 있어. 내가 안경 찾아볼게."

거실 책 사이사이를 뒤지고, 소파 밑도 뒤져본다. 전

자례인지 안과 냉장고까지 열어본다. 베란다에 귤 상자 안에 귤을 헤집어보기도 하고, 아이들 키가 닿지 않는 신발장까지 다 뒤져봐도 안경이 나오지 않는다.

남편의 출근 시간은 7시 40분. 이제 당장 나가지 않으면 지각이다. 오늘은 회사에 중요한 일이 있어서 휴가나 반차를 내지도 못한다. 출근 시간이 지체되기 시작하고 남편도 한숨을 쉰다. 집안 분위기가 안 좋다.

이럴 때면 잔뜩 긴장된다. 내가 어릴 적, 아빠는 성질이 무지무지 급한 사람이었다. 자신이 찾는 물건이 제자리에 있지 않으면 불같이 화를 내거나 물건을 내던지곤 했다. 우리 집 현관에는 나무로 된 작은 신발장이 있었는데 어른 가슴 높이만큼 되는 그 신발장 위에 먼지 낀 작은 플라스틱 통이 있었다. 통에는 아빠가 항상 피우는 대나무가 그려진 담배와 라이터가 있었다. 하루는 아빠가 라이터 어디 갔냐며 물었다. 삼 남매에게 한 명씩 혹시 라이터를 못 봤냐고 묻다가 혼자 성질이 나서는 투덜투덜하다가 결국에는 누구에게인지는 모르지만 욕을 하기 시작했다. 우리 집에서 담배를 피우는 사람은 아빠밖에 없었기 때문에 아무리 생각해도 범인은 아빠인 것 같았지만 난 아무 말도 못 했다. 그냥 숨죽이고 가만히 앉아서 얼음장 같은 집안 분위기를 온몸으로 흡수하고 있을 뿐이었다.

이런 일이 몇 번 반복되었고, 그때 즈음부터인 것 같다. 나는 무척이나 긴장하는 사람이 되어갔다. 7시 42분이 넘어가고 남편이 이미 찾아본 책장 위를 다시 뒤적이며 한숨을 크게 쉬자, 나는 숨이 금방이라도 멈출 것처럼 긴장이 되었다. 그때 남편이 첫째를 불렀다.

"하준아~."

아이를 부르는 그 순간 내 마음속에는 이름 붙일 수 없을 만큼 커다란 분노와 긴장이 솟았다. 만약 이때 남편이 '하준아! 어디에 뒀어!!'라는 말로 아이를 몰아세웠다면 나는 견딜 수 없었을 것이다. 남편의 그 한마디는 나를 완전히 폭발하게 했을 것이다. 내 마음속에는 '모른다잖아! 얘가 어디 뒀는지 모르겠다잖아! 조금 더 찾든지 아니면 휴가를 내든지 해!!'라고 소리를 지를 준비를 하고 있었다.

아이를 나지막이 부른 다음 남편의 입에서 나온 말은 내가 상상하지 못했던 말이었다.

.

"하준아, 같이 찾아보자."

이 상황에서 "같이 찾아보자"라는 말을 할 수 있다는 걸 몰랐다. 이런 상황에서 이런 말이 생소하게만 느껴진다. 같이 찾아보자는 말을 듣고 나는 형용하기 힘들 정도로 놀랐고, 안도했다.

아빠를 따라서 온 방을 뒤지던 아이는 갑자기 "아! 생각났다"라고 말하며 옷방으로 뛰어갔다. 엄마 패딩 점퍼의 옷깃 속에 들어 있는 안경을 꺼내 아빠에게 주었다. 아직도 숨기기 놀이를 하듯이 히히 웃으면서.

다행히 남편은 출근 시간에 늦지 않았다. 7시 45분에 집을 나섰다.

정말 다행이다.

큰소리 나지 않는 집

❖ ❅ ✛ ✿ ❖ ✳

초등학교 6학년 때였다. 민지네 집에 놀러 갔다. 적잖이
놀랐다. '집안 평화' 빈부 격차에 입이 떡 벌어졌다. 친구
를 데리고 왔냐며 민지 엄마는 활짝 웃었다. 나에 대해
이야기를 많이 들었다며 칭찬해주셨다. 엄마와 딸이 이
런 이야기를 한다는 것이 놀라웠다. 엄마가 내 칭찬을
늘어놓자 민지는 그만하라며 엄마 품에 안겼다. 그 모
습도 생경했다. 세 살 이후에는 엄마가 아이를 안아주지
않는 것이 일반적인 줄 알고 컸다. 잠시 뒤 민지 아빠가
들어오셨다. 민지와 민지 엄마는 현관으로 나가 아빠를
맞았다. 민지 엄마가 아빠와 살짝 껴안았다. 주스를 마

시다가 캑캑 기침이 나왔다.

　그렇게 집에 돌아왔다. 다른 차원의 세상에 다녀온 것 같았다. 나를 반겨주고 안아주는 사람은 없었지만, 그날은 엄마 아빠가 싸우지 않았다. 그때부터 민지가 더 귀하게 보였다. 구김살 없는 민지가 부러웠다. 나는 결코 가질 수 없는 것을 민지는 아무런 노력 없이 가지고 있었다. 나의 꿈은 집에서 큰소리가 나지 않는 것이었다.

　내 성격에는 결함이 있었다. 자동차로 치면 와이퍼가 작동하지 않았다. 엔진에는 이상이 없으니 굴러가긴 했지만, 폭우가 내리는 위급 상황에선 성격이 문제가 되었다. 친구나 직장 동료 들과의 관계는 그럭저럭 해나갔다. 연인 관계가 문제였다. 비가 억수로 내리는 날에 와이퍼 없이 도로를 달리는 것 같았다. 위험하고 위태로웠다.

　몇 번의 연애가 처참하게 끝나고 나서야 인정했다. 문제는 나에게 있었다. 자동차는 리콜이 되지만 나는 리콜되지 않았다. 고쳐 써야 했다.

　첫 번째 결함은 사랑을 받는 데 익숙하지 않다는 점

이었다. 사랑과 평안이라는 감정에 이질감을 느꼈다. 민지네 집에서 느꼈던 그 감정이었다. 사랑과 평안이라는 감정에서는 머리가 띵해지는 진한 방향제 냄새가 났다. 누군가가 나를 좋아해주면 그 마음을 있는 그대로 감사하게 받지 못했다. 소개팅에서 만난 남자가 자동차 문을 열어준 적이 있다. 나는 불편해서 그대로 집에 와버렸다. 사랑받는 법을 배워나갔다. 어린아이가 걸음마를 배우듯이.

두 번째 결함이 더 까다로웠다. '다툼보다는 이별이 낫다'는 생각이었다. 다투고 싸우는 것이 더 좋은 관계를 맺을 수 있는 의견 조율 과정이라는 점을 몰랐다. 나의 마음은 잘못 설정되어 있었다. 다툼과 싸움이 생명을 위협하는 아주 나쁜 것이라고 판단했다. 그래서 갈등 상황을 말로 풀어내고 조율하기보다는 관계를 끝내버렸다. 나의 생각과 감정 그리고 의견을 말하는 법을 연습해야 했다. 불편한 마음을 표현하기 위해 반찬통을 내던져야 하는 것은 아니었다. 어색함, 화남, 민망함, 부당함. 이런 감정을 잘 정리해서 표현하는 방법을 익혀나갔다. 어린아이가 미음을 먹다가 초기 이유식을 먹다가 중기 이유식을 먹다가 밥을 먹는 것처럼 하나하나 해나갔다.

결과는 나쁘지 않다. 이젠 그런대로 잘 굴러간다. 새 자동차는 아니지만 결함들을 찾아 잘 고쳐놓은 중고 자동차다. 이제는 그럭저럭 사람 구실을 하며 살아간다. 이제는 안다. 외부에서 사랑을 찾아 내 마음속에 채우는 것이 아니라, 이미 내 안에 가득한 사랑을 발견해야 한다. 불편한 감정은 외면하거나 부정해야 하는 것이 아니다. 이름을 정확히 정해주고 바라봐주어야 하는 것이다. 오늘도 마음 깊은 곳 불편한 마음을 이렇게 글로 내쳐내며 평화를 지킨다.

우리 가족은 어디서부터 잘못된 걸까

❁ ❊ ✦ ❁ ❊ ✳

"모든 행복한 가정은 서로 닮았고, 불행한 가정은 제각 각 나름으로 불행하다." 톨스토이 소설 《안나 카레니나》의 첫 문장이다. 행복해지기는 어렵지만 불행해지기는 쉽다.

아빠가 생각하는 행복은 자식들이 잘되는 것이었다. 이사 걱정하지 않아도 되는 내 집에서 아이들 공부를 시켜주면 행복할 거라 믿었다. 아빠의 사랑 표현 도구는 노동이었다. 아빠는 자신의 육체를 희생했다. 주식은 패가망신이라 믿었다. 정직하게 일해서 번 돈이 진짜 돈이라고 믿었다. 자본가 입장에서 우리 아빠는 참 훌륭한 노동자였다. 쉬지 않고 일했고, 노동과 바꾼 돈을 엄마에게 벌어다 주었다. 꼬박꼬박 가져다주었다. 엄마가 생각하는 행복 역시 자식들의 행복이었다. 엄마는 자신의 시간을 희생했다. 아빠가 벌어다 준 돈을 알뜰하게 분배해서 아이들을 키웠다. 최선을 다했다. 모두가 자신이 최선이라 생각하는 사랑을 주었다.

시험 뒷바라지에, 유학까지 보내준 부모님은 성공한 자녀의 효도는커녕 화난 자식의 원망만 받고 있다.

희생과 희생이 겹겹이 쌓인 우리 가족은 결국 파국을 맞았다.

우리 가족은 비싼 수업료를 치렀다. 그리고 알게 되었다. 나의 희생이 누군가에게는 족쇄가 될 수 있음을, 희생이 결코 아름답거나 고귀한 것이 아님을 알게 되었다. 나의 청춘과 꿈을 다 포기하고 일찍 일을 시작해 동생들을 줄줄이 공부시킨 맏딸, 미국으로 유학 간 아들을 위해서 대리운전까지 마다하지 않는 기러기 아빠, 아이들 학원 셔틀 기사 노릇을 자청한 엄마, 음악을 할 때 행복하지만 가족의 기대에 부응하기 위해 의대에 진학한 똑똑한 둘째 아들. 사랑하는 사람을 위해 자신의 행복을 양도한다. 하지만 웃는 사람은 아무도 없다.

자주 상상했다. 아빠가 알록달록한 등산복을 입고 친구들과 산에 오르는 모습을 그려봤다. 일주일에 한 번 꽥 하고 소리라도 지르고 오면 어땠을까 생각했다. 엄마가 생활비 일부를 조금 챙겨서 바다가 보이는 카페에서 혼자 커피를 마시는 모습을 그려봤다. 우리 가족은 지금보다 행복했을까. 행복해지기 위해 그렇게 먼 길을 돌아오지 않아도 되었을까.

우리 가족은 '개인의 행복이 곧 가족의 행복'이라는 사실을 배웠다. 하지만 엄마 아빠는 이미 나이가 들어버렸다. 아빠는 취미가 없다. 이미 술에 익숙해져버렸다. 속상하면 술을 마시고 행복해도 술을 마시고, 심심해도 술을 마신다. 엄마는 이미 인생의 너무 많은 시간을 자식에게 투자해버렸다. 자신의 인생에서 자식을 떼어내버리기엔 팔 하나를 자르는 것처럼 고통이 크다는 것을 나도 안다.

아직도 시집 안 가는 첫째 딸, 결혼해서 아기 낳을 생각이 없어 보이는 아들 때문에 속상한 엄마는 결혼해서 연락도 잘 안 하는 둘째 딸에게 전화한다. 위로받고 싶어 전화했다가 구박만 듣는다. "엄마, 미안한데 나 이런 이야기 듣기 힘들어. 언니 공부도 엄마가 시켜준 거고, 동생 결혼도 엄마가 서두른 거잖아."

배운 딸년이 가르치려 든다고 엄마는 바락 한다. 그 말도 맞다. 희생한 엄마 덕분에 나는 배운 딸년이 되었다. 엄마 식당에서 일하던 이야기, 너네 셋 학원비 한 달에 100만 원 나와서 아빠가 학원 다 끊으라는 걸 자기가 보내준 이야기, 너네 초등학생 때 셋 다 줄줄이 데리고 예방접종 다녀온 이야기. 이야기는 아기 낳을 때 혼자 병원에 갔던 일까지 거슬러 올라간다. 시어머니가 구박하던 이야기가 나와서 가슴을 탕탕 치며 눈물을 흘리기 전에 나는 서둘러 엄마의 공로를 졸속으로 인정해주고 전화를 끊는다.

부모의 희생 신화에 빠지지 않기로 했다. 희생은 가족의 울타리 안에서는 숭고한 것이지만 개인의 삶에서는 불행한 일이다. 젖을 먹이고 기저귀를 갈아주는 3년의 시간에 희생이란 단어 대신 책임감이란 단어를 붙였다. 희생이란 단어에는 대가라는 단어가 짝꿍처럼 따라오게 된다. 희생에 대한 대가가 없으면 배신감을 느끼게 된다. 아기를 낳았으니 책임감을 가지고 양육하고 다시 내 삶은 살아가기로 마음먹었다.

"내가 너 키우려고 얼마나 고생했는데"
말고
"엄마 너 키우면서 정말 행복했어"
라고 말하고 싶다.

그래서 오늘도 행복을 찾는 연습을 한다. 조용한 집에서 보이차를 한잔 마신다. 스티븐 유니버스의 노래 <love like you>를 듣는다. 미미네 떡볶이를 먹는다. 동네 서점에서 얌전해 보이는 에세이집을 고른다. 집 앞 카페에서 치즈 케이크를 먹는다. 꽃이 가득 핀 길을 천천히 걷다가 그늘 좋은 벤치에 앉는다. 메모장을 꺼낸다.
'희생이 숭고한 가치가 되는 집에서 자란 아이는 개인의 행복에 죄책감을 느낀다.'

커피와 한라산 소주

❖❅✢❀❅✳

대학원생 시절, 동기들과 기숙사 생활을 했다. 아침 7시에 일어나서 커피를 마시고, 도서관에 갔다. 신문을 보고, 과제를 했다. 9시부터 12시까지 수업을 듣고, 점심시간에는 김밥을 먹으면서 또 과제를 했다.

오후 수업이 끝나면 4시다. 구두를 벗고 가방에 있던 운동화로 바꿔 신고 달렸다. 아르바이트하는 학원에 5시까지 도착해야 한다. 4시 40분까지 도착한 날은 편의점에서 참치마요 삼각김밥 하나와 1500원짜리 아메리카노 큰 사이즈를 먹는 호사를 누릴 수 있었다.

다시 구두로 갈아 신고 5시부터 9시까지 중국어를

가르쳤다. 아이들도 가르치고 성인도 가르쳤다. 9시부터 4시까지는 중국어 꼴통이었고, 5시부터 9시까지는 중국어 천재였다.

다시 운동화로 갈아 신고 버스를 탔다. 기숙사에 들어가면 잠들 것 같아서 바로 도서관으로 갔다. 자판기 커피를 두 잔 마셨다. 가끔씩 심장이 너무 빨리 뛰었다. 심장이 '주인님 살려주세요' 소리치는데 무시했다. 중간에 포기하기엔 내가 1년 동안 일해서 준비한 학비가 아까웠고, '석사'라는 명함이 생기면 '지방대 졸업생'이라는 콤플렉스를 벗어던질 수 있을 줄 알았다.

육아하면서도 커피를 마셔댔다. 카페인으로 미래의 에너지를 끌어다 썼다. 커피는 몸의 태엽을 감는 것과 같았다. 언젠가부터 커피가 없으면 몸이 움직이지 않았다. 더운 날 아이를 유아차에 태우고 바람을 쐬다가 마시는 아이스 아메리카노는 영혼을 위로했다.

남편은 출장 가고 나 혼자 아이 둘을 보는 일요일이었다. 비까지 내리는데 큰아이 손을 잡고, 작은아이를 아기 띠에 메고 집 앞 카페에 아메리카노를 사러 가는 길이었다. 문득 아빠가 생각났다. 아빠는 주방 식탁에 앉아 혼자 한라산 소주를 까고 있었다. 아빠 인생에 한라산 소주는 커피 같은 것 아니었을까 생각이 들자 처음으로 안쓰러운 마음이 들었다.

커피를 하루에 세 잔씩 마시던 어느 날이었다. 심장이 너무 빨리 뛰었다. 두 시간 넘게 진정이 되지 않았다. 호흡이 가빠지고 숨이 잘 안 쉬어졌다. 응급실에 실려 갔다. 부정맥이었다. 그날 부로 커피를 끊었다. 10년 넘게 매일 두 잔 이상 마시던 커피를 끊으니 두통이 심해서 타이레놀을 하루에 여섯 알씩 먹었다. 타이레놀을 사러 동네 약국에 갈 때면 또 아빠 생각이 났다. 주방에서 혼자 소주를 까고 있는 아빠를 생각하면 머리가 지끈지끈했다.

우리 집 마당에 아빠 차를 세워두는 곳이 있었다. 잔디밭 구석에 시멘트로 미장을 해서 작은 주차장을 만들었다. 아침이면 아빠 차 뒤에 삼 남매가 줄줄이 서서 기다렸다. 아빠는 우리를 초등학교까지 데려다줬다. 주차장 바닥에 아빠가 펜으로 검은 줄을 그어됬다. 차를 뺄 거니까 이 선 넘어오지 말고 선 밖에서 기다리고 있으라고 매일 이야기했다. 그리고 차를 타면 안전띠를 매고 창문 밖으로 손을 내밀지 말라고 매일 이야기했다. 아무도 선을 넘지 않았다. 손을 내미는 사람도 없었다. 그래도 아빠는 매일 이야기했다.

눈이 아주 많이 내린 날이었다. 아빠는 천천히 차를 몰았다. 아주아주 천천히 차를 몰았다. 그러다가 갑자기 급브레이크를 밟았다. 차가 미끌하고 빙빙 돌았다. "미끄러지네이"라고 말하고는 또 차를 몰았다. 지금 생각해보니 아빠는 불안이 많은 사람이었던 것 같다. 사람이 정말 불안하면 그 행동을 하게 된다. 눈이 많이 오는 날 사고가 날 것 같아서 정말 불안한 사람은 살짝 브레이크를 밟아보게 된다.

글을 쓰면서 알게 되었다. 아빠에 대한 감정이 서운함보다는 연민에 가까웠다. 아빠가 아닌 전종덕이라는 사람이 보였다. 책임감을 잔뜩 안고 살아가는 한 집안의 가장이 보였다. 자신도 상처 받은 어린 시절을 안고 살아가는 그냥 한 사람이 보였다. 불안하고 무섭지만 괜찮은 척 씩씩한 척해보는 어른 남자아이도 보였다. 자주 연락하고 서로 안아주고 사랑한다고 말하지 않아도 나는 아빠를 사랑하고 있었다. 사랑에는 참 다양한 모습이 있는 것 같다.

글을 쓰며 알게 된 것 첫 번째,
사랑에는 다양한 모습이 있다.

엄마의 돈을 뜯어내는 방법

❖❅❉❋❁❊

'엄마 돈을 뜯어내는 방법'을 처음 체득하게 되었던 건 고등학교 2학년 때다. 아침 8시까지 등교를 하고, 저녁 10시 야간 자율 학습 시간이 끝날 때까지 꼼짝없이 학교에 갇혀서 있어야 했다. 수학 성적에 따라서 반을 나눠 수업했다. 나는 수학 C반, 제일 못하는 반이었다. 수학 C반은 숙제도 많았다. 밤 10시까지 숙제를 잡고 씨름해봐도 답이 안 나왔다. 목에 달랑달랑 매고 다니는 MP3를 가지고 싶었다. MP3에 성시경 노래를 잔뜩 담아 듣고 있으면 어떻게든 이 끔찍한 시간을 견딜 수 있을 것 같았다.

"엄마, MP3라는 게 있는데, 영어 공부하는 데 꼭 필요해. 귀에 꽂아서 듣는 거야."

"얼만데?"

엄마는 MP3가 뭔지, 꼭 필요한 건지, 어디서 살 수 있는지, 합리적인 소비인지 묻지 않았다. 그게 얼마인지 물어봤다. 그리고 며칠 뒤에 10만 7000원을 현금으로 내 손에 건네주었다. 아빠한테는 비밀로 하라는 말과 함께.

엄마에게 돈을 뜯어내는 방법은 참 쉬웠다. 엄마는 전혀 모르는 영어를 섞어가며, 공부하는 데 꼭 필요한 돈이라고 말하면 된다.

"엄마, 이번에 라이센스 따는 데 꼭 필요한 수업인데 클래스 수강료가 조금 비싸."

"얼만데?"

그 수업이 무슨 수업이고, 라이센스가 뭐고, 이걸 따면 뭐가 좋은 건지 엄마는 묻지 않았다. 며칠 뒤면 현금으로 30만 원을 손에 쥐여주었다. 아빠한테는 비밀로 하라고 했다.

　나는 초등학교 저학년 때부터 구몬 영어를 시작했다. 친구 중에 영어를 공부하는 친구는 몇 없었다. 우리 집은 꽤 외진 곳에 있었다. 학습지 선생님들이 자주 바뀌었다. 아마도 기름값이 더 나왔던 것 같다. 매번 전화로 아쉬운 소리를 하면서도 엄마는 영어 공부를 계속 시켰다. 그리고 영어 선생님들을 깍듯하게 대했다. 엄마는 영어를 잘하는 사람에게 쉽게 주눅이 들었다.

　마지막으로 크게 한탕 뜯어낸 돈은 200만 원이었다. 대학생이 된 나는 제주도를 영원히 떠날 방법을 이리저리 생각해보았다. 혼자 유학원을 돌아다니며 상담을 했다. 200만 원짜리 영어 연수를 받으면 현지 취업을 연결해주는 프로그램이 있었다. 이거다! 이걸로 나는 영원히 이곳을 떠날 생각이었다. 다시는 돌아오지 않으리라.

　"엄마, 호주에 워킹홀리데이라는 프로그램이 있는데, 거기서 일하면서 돈도 벌고 영어 공부도 할 수 있는 거야. 근데 영어 연수를 받아야 해."

　"얼만데?"

마지막으로 한탕 크게 뜯어내고 이곳을 완전히 떠날 생각을 하는 둘째 딸 마음을 아는지 모르는지 엄마는 또 얼마인지 물었다. 보름 넘게 시간이 걸렸던 것 같다. 만 원짜리, 5만 원짜리가 섞인 200만 원 돈 봉투를 내밀었다.

나는 태풍이 와서 바람이 세게 부는 날도 영어 수업에 나갔다. 선생님보다 먼저 와 자리에 앉았다. 영어 연수가 끝났다. 선생님은 좋은 회사에 사무 보조 일을 연결해주겠다고 했다. 내 머릿속에서 나는 이미 호주 남자와 결혼해서 집을 짓고 애를 낳고 살고 있었다. 주말이면 아이들이랑 동물원에 가서 캥거루랑 코알라도 보고, 여름이면 브리즈번에서 윈드서핑도 하고 있었다. 그런데 입국이 거절되었다. 스무 살 때 앓고 지나간 폐결핵이 문제가 될 줄 몰랐다.

며칠을 울다가 잠만 잤다. 엄마는 아무 말도 하지 않았다. 그럼 그 돈은 어떻게 되냐고 묻지도 않았고, 아직도 자냐고 묻지도 않았다. 물론 달래주지도 않았고 위로의 말을 건네지도 않았다. 그냥 엄마는 매일 아침이면 밭에 나가고 오후 4시면 돌아왔다. 밥을 차리고 먹고 싶으면 먹으라고 했다. 다친 짐승을 보듯이 그냥 두었다.

글을 쓰며 처음으로 생각해보게 되었다. 엄마는 돈이 어디서 났을까? 보름 동안 어디서 어떻게 200만 원을 만들어 왔을까? 집에 모든 재산은 아빠 명의로 되어 있었고, 매달 아빠에게 생활비를 받아 썼다. 대출도 되지 않았을 거다. 비정규직으로 식당에서 일하는 돈으로는 생활비를 조금 보태는 정도였을 것이다. 아마도 여기저기 빌리러 다녔던 것 같다. 엄마가 남에게 돈을 좀 빌려달라고 부탁하는 모습이 그려지지 않는다. 엄마가 생각하는 '사랑'은 돈 200만 원이었던 것 같다.

내가 알게 된 것 두 번째,

부모는 '자신이 사랑이라고 믿는 방식의 사랑'을 자식에게 준다. 최선을 다해서.

나는 모성애와 가족에 대해서 대단한 환상을 가지고 있었는지도 모른다.

신내림

✤✲✢✿✻❋

예쁜 동네 아줌마가 지하철역 근방 미용실을 소개해주었다. 문을 열고 들어가자 직원들이 일제히 큰 소리로 인사했다. 예약하면서 내 전화번호를 남기지만 않았다면 다시 돌아 나가고 싶었다. 가운을 입고 거울 앞에 앉았는데 신발이 너무 더러워 보였다. 나는 이곳에 어울리지 않는 사람인 것 같았다. 남자 선생님이 머리를 만지면서 자꾸 말을 걸었다. 말 안 하면 아이 둘 엄마 같아 보이지 않는다는 말까지는 좋았는데 20대 같다는 무리수를 던지셨다. 평소에는 파하하하 하고 아줌마처럼 웃는데, 그때는 호호호 하며 수줍게 웃었다. 머리는 마음에 들었다. 40만 원짜리 파마를 하면 머리에 향수를 뿌려주나 보다. 며칠 동안 머리에서 꽃향기가 난다.

그러나 결국은 또 엣지헤어에 가게 된다. 자주 가는 동네 미용실이다. 원장님이 세련되지도 않았고, 인테리어가 화려하지도 않다. 그래도 매번 그곳에 가는 이유는 사장님이 말을 걸지 않기 때문이다. 에센스나 샴푸를 사라고 권하지도 않는다. 뿌리 염색을 하러 갔는데 사장님은 말 없이 찡긋 웃더니 염색약을 섞어 오셨다.

염색하는 동안 TV를 봤다. 거울에 비친 화면을 곁눈질로 보고 있으니 원장님이 의자를 살짝 옆으로 비틀어주셨다. 신내림을 받은 젊은 여자 보살이 나왔다.

서른 살이 될까 말까 한 예쁜 여자는 피겨스케이팅 선수였다고 한다. 보살의 엄마는 음식을 하고 있었다. 피겨를 타던 딸을 뒷바라지하던 엄마는 이제 사당에 음식을 놓으며 딸을 돕고 있었다. 울면서 음식을 하고 있었다. 원래는 자신이 신내림을 받아야 하는데 누름굿을 하며 운명에 거슬러 살다 보니 딸이 이렇게 되었다며 울었다.

모든 사람은 태어나면서 자신만의 숙제를 가지고 태어나나 보다. 내가 원하든 원하지 않든 경험해내야 할 과제가 있나 보다. 신부님 말씀처럼 모두 '자신만의 십자가'가 있나 보다. 그리고 내가 오롯이 경험해내야 할 과제들을 미루면 다른 누군가가 나의 숙제를 대신해주어야 하나 보다. 내가 가장 사랑하는 누군가가 나의 십자가를 짊어져야 하나 보다.

부모님을 원망했던 적도 있다. 어린 시절의 기억이 문득문득 떠오를 때면 가시로 콕콕 찌르듯 마음이 아팠다. 나에게 이런 상처를 준 것이 부모님이라고 생각했다. 하지만 이 상처가 부모님이 나에게 준 것이 아니라 그저 나의 몫이 아니었을까 생각해보게 되었다. 내가 전종덕, 김정자와 부모·자식의 인연을 맺게 된 것도 내가 선택한 것은 아닐까 하는 재미난 생각도 하게 되었다. 나는 부모의 싸움을 보며 그 경험을 오롯이 해냈다. 많은 상처를 받았지만 그래도 절름발이가 되지는 않았다. 힘들었던 적도 있지만, 그런대로 내 몫을 하면서 뚜벅뚜벅 살아간다.

나는 부모의 싸움을 경험해냈다. 그리고 아이들 앞

에서 결코 부부가 싸우는 모습을 보여주지 않는다. 내가 신내림을 받았으니, 우리 아이들은 더 이상 고통 받지 않아도 된다. 이렇게 생각하면 괜찮다. 다 괜찮다. 아이들 대신 내가 경험한 것으로 생각하면 다 괜찮다. 오히려 감사하다. 샴푸를 하는 데 눈물이 주룩주룩 났다. 원장님은 아무 말도 하지 않았다. 얼굴에 튄 물을 닦는 척하면서 눈물도 닦아주셨다. 두 달 뒤에 뿌리 염색할 때도 또 여기 올 거다.

시금치

❧ ❊ ✚ ✿ ❋ ✳

비타민 과일 청과에 갔다. 사장님은 언제나 친절하다. 사장님을 닮아서 과일도 채소도 모두 건강하다. 딸기 가격이 많이 내렸다. 알이 큰 딸기로 한 팩 고르고, 내일 아침 아이들 구워줄 고구마도 집었다. 요리하다 보면 여기저기 꼭 들어가는 대파와 양파, 아삭한 파프리카 두 개, 오이 세 개, 아보카도 세 개, 커다란 배 두 개, 불고기에 넣을 새송이버섯까지 이것저것 고르다 보니 3만 원을 훌쩍 넘는다. 사장님은 매번 조그만 서비스를 챙겨 주신다. 콩나물 한 봉지를 주실 때도 있고, 팽이버섯을 넣어주실 때도 있다. 저녁에 어둑해질 때쯤 장을 보러

가면 두부 한 모를 넣어주시기도 한다.

"시금치 좋아하세요? 내일이 주말이라 오늘까지 팔아야 하는데, 좋아하시면 좀 챙겨드릴게요."
"와, 감사합니다. 아이들도 시금치 좋아해요."

사장님이 커다란 투명 봉지를 가져오더니 시금치를 담고, 담고 또 담으신다. 커다란 봉지를 가득 채워 넣어주셨다. 집에 걸어오면서 내가 시금치로 할 수 있는 요리가 뭐가 있나 생각했다. 아무리 생각해봐도 시금치 무침밖에 없다. 찬장 구석에 있던 집에서 제일 큰 냄비를 꺼냈다. 물을 가득 넣고 끓였다. 물을 팔팔 끓이고 흙 묻은 시금치를 그대로 데친다. 숨이 죽으면 얼른 불을 끄고 찬물에 씻는다. 이때 흙도 같이 씻어낸다. 두세 번 깨끗하게 씻어서 물기를 꼭 짠다. 뿌리를 잘라낸다. 살짝 보랏빛이 나는 겨울 시금치 뿌리가 달큼하다. 둥그런 볼에 넣어서 소금을 조금 넣고 조물조물 무친다. 참기름을 듬뿍 넣고 깨를 뿌린다.

고작 두 줌이다. 봉지에 담겨 있을 때는 만백성이

먹고도 남을 것 같았는데, 삶고 보니 고작 두 줌이다.

내 마음속 상처도 고작 두 줌짜리였다. 마음속 여기 저기에 둥둥 떠다닐 때는 감당하지 못할 만큼 커다랗게 보였는데, 글로 모두 뱉어내고 나니 고작 두 줌짜리 상처, 두 줌짜리 아픔이었다. 글로 써 내려놓고 바라보니 흔한 가족, 뻔한 아픔이었다. 고작 두 줌짜리를 가지고 뭘 그리도 힘들어했는지, 뭘 그리도 숨기려 했는지 모르 겠다.

지금의 남편을 부모님께 처음 소개하던 날, 나는 긴 장했다. 우아하지도 사랑이 넘치지도 않는 집에서 자란 것을 알게 되면 이 사람이 나에게 실망하지는 않을까 생 각했다. 조용한 집에서 걱정 없이 사랑 듬뿍 받고 자란 귀한 딸처럼 보이고 싶었다. 아니, 실제로 그런 사람이 길 바랐다.

상처투성이인 내 집과 나의 과거와 나의 마음을 다 보여줘도 남편은 그대로였다. "나 어릴 때 부모님한테 서운했어"라고 말해도 남편은 그대로였다. 그럼 나는 조금 더 용기를 내서 "그때 사실 엄청 화났어"라고 말했 다. 남편이 그대로 날 사랑해주면 조금 더 용기가 났다.

"그때 개빡쳤어, 부모님이 너무 싫었어." 남편은 웃었다.
그때서야 나는 진짜 속마음을 털어놨다.

"우리 집 존나 싫어!! 씨발!!!!!!!!!!!!!!!!!!!!!!!!"

남편은 다행히 웃었다. 그때부터였다. 나는 부모님
을, 상처투성이인 우리 집을, 나의 과거를 조금씩 사랑
할 수 있게 되었다. 마음속에 꼭꼭 숨겨둔 나의 감정들
은 자신의 이름이 호명되기를 기다리고 있었다. 서운함,
분노, 화남 이런 감정들은 호명되며 바로 내 입을 통해
밖으로 빠져나왔다. 글이 되어 나의 몸에서 하나씩 빠져
나왔다. 내 마음속에 마지막 남은 감정은 사랑과 연민
이었다.

남편 앞에서는 개다리 춤도 출 수 있다. 목젖이 다
보이게 입을 벌리고 웃을 수도 있다. 화가 나는 일이 있
으면 남편을 불러서 '나 이제 말할 거니까 해결하려 들
지 말고 맞장구나 치라'고 말하고 이야기를 시작한다.
붙잡고 말하다가 분을 못 이겨 펑펑 울 수도 있다. 그러
다가 크림 파스타를 우걱우걱 먹고 다시 기분이 좋아져
서 개다리 춤을 출 수도 있다.

글을 쓰면서 후련했다. 서운하고 분노하며 질투하기도 하는 내 마음을 그대로 보여줘도 안전하다고 느꼈다. 여기까지 읽어준 당신이 있다. 나에게 남편이 이렇게나 많이 생겼다. 나의 모든 과거와 상처를 아는 사람이 이렇게 많다는 점이 나를 더욱 자유롭고 행복하게 만든다. 수십 명 앞에서 이제 나는 개다리 춤을 출 수 있다.

정신과 진료 6개월 만에 알게 된 사실

❖ ❋ ❖ ❖ ❋ ❋

정신과에 다닌 지 몇 주쯤 지났을까. 의사 선생님은 나에게 부모님에 관해 물었다.

"부모님은 어떤 분이셨어요?"

"뭐⋯ 훌륭하신 분들이세요. 책임감도 강하시고⋯."

부모님을 형용할 단어를 찾기 위해 눈알을 이리저리 굴려봤지만 나는 끝내 책임감이 강하다는 말 뒤에 다른 형용사를 찾지 못했다.

"부모님이 훌륭하다고 느꼈던 상황을 하나 말씀해
주실 수 있으신가요?"

좁은 길에서 으르렁거리는 커다란 개를 마주친 것
처럼 얼어붙어버렸다. 누군가와 마주 보고 대화할 때,
할 말이 끊기고 조용한 정적이 오면 나는 괜히 불안해
진다. 그래서 마구 헛소리를 하게 된다. 하지만 그때는
헛소리조차 나오지 않았다. 겨우 작게 말을 내뱉었다.

"갑자기 물어봐서 지금은 잘 생각이 안 나는데…."

다음 주도, 그다음 주 진료에서도 의사 선생님은 또
물었다.
나는 자꾸 말을 돌려버렸다. 정신과 상담을 하는 수
개월 동안 나는 부모님에 관해 어떠한 말도 하지 못했
다. 부모님에 관한 나의 감정과 생각은 먼지가 가득 쌓
인 다락방과 같았다. 온갖 쓰레기와 먼지가 뒤덮여 있어
서 문을 열기조차 겁이 나는, 청소를 시작할 엄두도 나
지 않는 그런 방 말이다.
무려 반년이 지나서야 내 입에서 이런 말이 나왔다.

"부모님께 섭섭한 기억이 있어요."

먼지가 가득 쌓인 다락방 문을 빼꼼 열어봤다. 놀랍게도 나는 부모님을 엄청나게 미워하고 증오하고 있었다. 내 마음이 두렵고 엄두가 나지 않아서 다시 문을 닫아버렸다. 정신과 진료를 하면서 내 마음의 어느 부분에 문제가 있는지는 알았지만, 그 먼지 쌓인 다락을 청소해볼 용기와 힘이 도무지 나지 않았던 것이다. 다락방은 먼지 쌓인 채로 닫혀 있었다.

결혼을 하고 나를 똑 닮은 아이를 낳고 나서야 체력과 용기가 생겼던 것 같다. 체력과 용기보다 절박함이 생겼다. 그래서 부모님에 대한 글을 쓰기로 마음먹었다. 내 마음 깊은 곳에서 내 손끝을 통해 나온 이야기는 놀랍도록 잔인했다. 엄마와 아빠를 끔찍하게도 미워하고 증오하고 있었다. 글을 쓰고 나서 가장 놀란 사람은 다름 아닌 나 자신이었다.

부모님의 불화와 아빠의 술 문제, 그리고 남동생과 차별받았던 어린 나는 엄청난 상처를 받았지만, 나는 내가 얼마나 아팠는지 모르고 지냈다.

부모님께 효도는 못할망정, 적어도 미워하면 안 된다고 믿었다. 길을 지나가다가 넘어져서 울고 있는 아이를 보면 다가가 아이를 달래주는 것이 인간 된 도리이듯이. 자식은 부모님을 사랑해야 하는 것이라 믿었다. 그래야 내가 인간이라 생각했다.

그래서 스스로 '나는 부모님을 사랑해. 부모님은 책임감이 강하고 우리를 위해 헌신하셨어'라고 되뇌었다. 하지만 자꾸 나 자신에게 이런 주문을 되뇌면 되뇔수록 부모님을 향한 나의 마음에서는 이상한 악취가 났다. 땀을 흠뻑 흘린고 나서 씻지도 않고 향수를 뿌리면 나는 그 냄새랄까. 산뜻하지 않은 냄새가 났다. 땀 냄새보다 더 역한 냄새가 났다.

나의 마음속 감정들은 자신을 인정해주기를 바라고 있었다. 엄마가 집을 나가버릴 것 같아서 불안했다고, 엄마 아빠가 싸울 때면 무서웠다고, 조금 커서는 부모를 증오했다고, 아들과 딸을 편애하는 그 모습이 꼴 보기 싫고 짜증 났다고 인정해주기를 기다리고 있었다.

부모님에 관한 나의 감정이 글을 통해 모두 나오게 되었을 때, 그러니까 온몸에 땀을 씻어냈을 때 비로소 나는 사랑이라는 향기를 뒤집어 쓸 수 있었다. 부모님에 대한 나의 감정을 인정해주고 나니, 사실 놀랍도록 부모님을 사랑하고 있기도 하다는 사실을 알게 되었다.

결혼을 하고 아이 둘을 낳았다. 헤어지고 싶어도 쉽게 헤어질 수 없는 남편이 생기고, 게다가 평생 심리적으로 절대 헤어질 수 없는 나의 아이가 둘이나 생겼다. 이제 나는 피하지도 도망가지도 숨어버리지도 못하고 나의 어린 시절을 마주하게 된 것이다.

사랑해야 싸운다.

싸워야 사랑하는 사이다.

싸운다는 건 서로를 이해해보려는 몸부림이다.

소리도 지르고 울기도 하고, 화도 내보면서 나와 너를 이해해보려는 처절한 악다구니다. 싸울 만큼 싸우고 나면, 그 끝엔 언제나 사랑이 있다. 나는 그렇게 믿는다. 싸우다가 서로를 포기해버리지 않는 이상, 싸우기를 멈추지 않는 이상 그 끝에는 사랑이 있다.

원래 가족이 힘들게 한다

❖ ❄ ✢ ❀ ❖ ✳

가까운 사람이 힘들게 한다. 길거리에서 만난 사람이 시비를 걸면서 어깨를 툭 치고 지나가도 그 사람은 며칠이 지나도록 날 기분 나쁘게 할 재간이 없다. 그냥 '재수가 없었네' 하면서 어깨를 툭툭 털고 걸어가면 그만이다. 가까운 사람일수록 상처를 준다. 나와 비슷한 면이 있는 사람이 날 자극한다.

그래서 가족이 나를 힘들게 한다.

회사에서 은근히 날 돌려 까는 김 과장은 참고 참다가 회사를 퇴직하는 날 뒤통수를 한 대 갈겨주면 그만이다. 그럼 평생 안 보고 지내도 된다. 내가 뭔가 도전하려고 할 때마다 걱정하는 듯한 말투로 "그거… 요즘 힘들 텐데. 뭐, 하고 싶으면 해봐"라며 사기를 꺾는 '사기 브레이크 친구'도 연락을 안 하면 그만이다. 하지만 가족은 피할 재간이 없다.

내가 다녔던 고등학교에서는 하얀색 강아지 한 마리를 넓은 학교 운동장에서 키웠다. 이름이 백구였던 걸로 기억한다. 어떻게 하다가 학교 교정에서 개를 키우게 되었는지는 모르겠으나 교장 신부님과 수녀님 그리고 전교생의 사랑을 듬뿍 받았다. 백구는 묶여 있기도 했고 묶여 있지 않기도 했다. 이게 무슨 말인가 하면, 학교 운동장에 가로로 길게 줄이 있다. 그리고 그 줄에 고리를 건 느슨한 목줄이 길게 메어 있었다. 백구의 목줄은 200미터는 족히 되었는데, 그래서 학교 운동장 어디든 갈 수 있었다. 하지만 학교 밖으로는 나갈 수 없었다.

난 종종 백구가 된 것 같은 기분을 느꼈다. 아무리 우리 가족에게서 벗어나려고 해도 결국은 벗어날 수 없는 것처럼 느껴졌다. 백구가 운동장 저기 구석까지 뛰어가듯 가족을 모두 잊고 중국으로 떠나버리기도 했다. 돈을 모으면 그 길로 인도로, 태국으로, 대만으로 떠났다. 세계 이곳저곳을 다니면서 맛있는 음식이 많고 날씨가 따뜻한 곳을 찾아다녔다. 나는 절대로 우리 가족이 있는 대한민국에서 살아가지 않을 것이라고 다짐하고 또 다짐했기 때문이다.

참 신기했다. 아무리 용을 써봐도 보이지 않는 목줄이 목을 잡아당기는 것처럼 다시 가족이 모두 있는 제주도에 돌아오게 되었다. 엄마 아빠를 보면서 농사를 짓는 건 최악이라고 생각했지만, 좋아하는 사람을 만나고 보니 우리 집처럼 귤 농사를 짓고 있었다. 목줄이 당겨지는 기분이 들었다.

첫아이를 낳고 나서는 가족과의 갈등이 최고조에 이르렀다. 정말이지 엄마가 하는 말 하나하나가 다 싫었다. 나에게 관심을 가져줘도 싫고, 관심을 가지지 않으면 더 싫었다. 아빠가 "요즘 잘 지내냐?"라고 카톡만 보내도 짜증이 났다. 숨통을 조여왔다. 질식할 것 같은 기분이 들었다.

그러다가 어느 날 신기한 사실을 알게 되었다. 매일매일 걸어 다니는 출근길에 '이렇게 큰 나무가 있었나?' 하는 생각이 들 때처럼 아주 깜짝 놀라게 된 사실이 하나 있다. 그건 바로 내가 두 명이라는 사실이었다. 아빠가 "요즘 잘 지내냐?"라는 말을 했을 때 첫 번째 나는 얼굴이 발갛게 달아오르고 짜증이 올라오는 사람이다.

그리고 어느 날 알게 된 두 번째 나는,
'나는 왜 이렇게 짜증이 날까? 하고 짜증 나는 마음을 바라보는 사람이다.

너무나 놀라웠다. 내 생각과 감정에 따라 반응하는 내가 있고, 그 생각과 감정을 바라보는 내가 있다는 사실은 너무나 놀라웠다. 내가 매일매일 일정한 시간에 걸어가는 산책길에 단 하루 만에 커다란 빌딩이 세워졌다 하더라도 이렇게까지 놀라지는 않았을 것이다.

엄마가 남동생 결혼식에서 "너는 왜 엄마한테는 축의금 안 하니?"라고 했을 때 손이 부들부들 떨리면서 "왜 내가 엄마한테 돈을 줘야 하는데?"라고 분노하는 내가 있고, '너는 화가 나는구나'라고 생각하는 또 한 명의 내가 있다는 사실이다. 나는 분명 두 명이었다.

처음에는 모호했던 이 두 명의 경계가 글을 쓰면서 완전히 뚜렷한 경계를 가지게 되었다. '너는 왜 엄마한테는 축의금 안 하니?'라는 상황을 글로 쓰고 그 상황에서 내가 느꼈던 감정들을 표현할 단어들을 고심해서 찾아내야 했다.

'이 상황을 속상했다고 표현할까? 화가 났다? 분노했다? 아니다, 그래! 빡쳤다가 좋겠다. 이게 정확하다.' 이렇게 정확한 표현을 하나씩 찾아가다 보니 상황을 객관적으로 보게 되었고, 이 상황에서 내가 느낀 생각과 감정을 더욱 타인처럼 바라볼 수 있게 되었다.

예전에 나는 분명 딱 한 사람이었다. 아빠가 "네가 아들 낳으니까 사돈댁에 체면이 선다" 같은, 나를 애 낳는 기계 취급하는 말을 할 때면 이가 떨리고 화가 부들부들 났다. 내 생각은 브레이크가 걸리지 않았고, 예전에 아빠가 했던 말들을 불러 모아 결국엔 내가 세상에 태어났을 때 아빠가 딸이라고 산부인과에도 오지 않았던 것까지 생각을 키워가며 분노했다. 나 스스로가 화가 났다는 사실도 전혀 몰랐다. 그냥 아빠가 밥을 먹고 이를 쑤시는 모습을 보다가 갑자기 "아빠! 이 쑤시지 마! 더러워!" 하면서 아무런 맥락 없이 짜증을 바락 내기만 했다.

그러다가 어느 순간부터 내가 두 사람이 된 것이다. "네가 아들 낳으니까 사돈댁에 체면이 선다"라는 말을 들었을 때 첫 번째 나는 위가 콕콕 쑤셔오고 몸에서 열이 난다. 예전에 아빠가 했던 성차별 발언들을 떠올린다. 그런데 이때 두 번째 내가 등장하는 것이다. '너는 이 상황에서 화가 나는구나. 위가 콕콕 쑤시네. 예전에 아빠가 했던 말까지 떠올리고 있구나!' 이렇게 날 조금 떨어져서 바라보는 두 번째 내가 말을 건다.

두 번째 나는 노트북을 연다. 그리고 첫 번째 나의 목소리를 글에 담는다. 그러면 놀랍게도 첫 번째 내가 어느새 진정된다. 마치 자기 마음을 알아주길 바라는, 사랑받고 싶어 하는 어린아이처럼 웅크려 있던 첫 번째 내가 '그랬구나~'라는 위로를 듣고 입꼬리를 씰룩거리며 웃는 것처럼 느껴진다.

첫 번째 나는 배고프면 울고, 먹으면 웃고, 욕 들으면 짜증 내고, 칭찬 들으면 실실 웃는다. 두 번째 나는 글 쓰는 골디락스다. 첫 번째 내가 분노하고 짜증 내고 실실 웃고 슬퍼하고 있으면 골디락스가 이 상황을 바라본다. 첫 번째 내가 떠나간 자리에는 언제나 사랑만 남는다.

그래서 오늘도 글을 쓴다. 나와 나의 가족과 당신과 이 세상을 더욱 사랑해보려 노력하는 중이다.

더 이상 엄마 아빠가 밉지 않다

이제 더 이상 글이 써지지 않는다.

엄마 아빠를 미워하고 원망하고 분노하는 글이 써지지 않는다. 머릿속에서 상상의 나래를 펼치며 복수 계획을 치밀하게 세우는 글도 써지지 않는다. 우연히 TV에서 폭력적인 장면을 보아도 예전처럼 심장이 쿵쾅거리지 않는다. 두 사람이 싸우는 모습을 보면 자연스럽게 엄마 아빠가 싸우던 모습이 떠오르곤 했다. 눈이 아득해지고 심장이 쿵쿵거려서 애써 마음을 다잡은 나는 자의 반 타의 반으로 노트북 앞에 앉았다. 때로는 혼자 쓰고 지워버리기도 하고, 잘 다듬어 보여주기도 했던 글들이 책 한 권 분량이 되어버린 지금, 나는 더 이상 부모님이 밉지 않다.

미워하려고 해보아도 더 이상 미워지지가 않는다. 아무리 미워하려고 애를 써보아도 끝내 그들을 이해하게 된다. 엄마는 춤바람이 나고 아빠가 술이 잔뜩 취해서 술병을 던지던 기억을 떠올려본다. 아빠 때문에 내 어린 시절은 유리 조각 파편이 가득 박혀버렸다는 생각이 들다가도 끝내 이런 생각이 따라온다. 외롭고 힘들게 자란 아빠는 얼마나 불안했을까. 엄마마저 자신을 떠나버릴까 봐 얼마나 무서웠을까.

아빠와 싸우고 싸우고 또 싸우다가 결국은 집을 나간 엄마를 떠올려본다. 그 후로도 아주 오랜 시간을 사랑하는 사람이 생기면 그가 날 떠날 것만 같은 막연한 불안함을 느끼게 했다. 엄마 때문에 내 성격이 이렇게 꼬여버린 거야, 하고 즉각적인 생각이 들다가도 끝내 이런 생각이 이어진다. 내가 엄마였어도 집을 나갔을 거야. 술을 마시는 남편과 결혼한 여자도, 자식을 셋이나 낳아서 오도 가도 못 하는 여자도 한 번쯤은 집을 나갈 수 있잖아. 그리고 엄마는 돌아왔잖아. 왜 돌아왔겠어.

사랑하니까 돌아왔겠지. 집을 뛰쳐나가도 도무지 자식들이 눈에 밟혀서 돌아왔잖아.

남자만 완전한 인간이며 여자는 반쪽짜리 인간으로 생각하는 아빠를 떠올려본다. 어린 시절부터 그리고 지금까지 아들이 최고라고 말하는 아빠를 떠올려본다. 즉각적으로 따라오는 생각은 이렇다. 자식을 똑같이 사랑하지 않는 것은 아이들에게 커다란 상처를 준다. 사랑을 넘치게 받은 아이도 사랑을 받지 못한 아이도 모두 제대로 크지 못한다. 육아 박사 학위를 딴 것 같은 이런 생각이 즉각적으로 올라오지만 이내 이런 물음이 머릿속에 생긴다.

'그래서 너는 두 아이를 똑같은 모양으로, 똑같은 방식으로 사랑하니?'

부모는 부모이기 전에 사람이라는 생각이 따라온다. 어떠한 부모도 완벽할 수 없다. 부모가 줄 수 있는 최대의 사랑을 주고 주고 또 주어도 밑 빠진 독처럼 아무리 사랑을 주어도 채워지지 않는 아이가 있다.

어린 나를 따뜻하게 안아주지 않던 냉담한 엄마를 떠올려본다. "엄마 나 힘들어"라고 말하면 "다 정신력 문제야"라고 나를 다그치기만 하던 엄마를 떠올려본다. 엄마와 아빠가 싸움이 크게 나서 맨발로 문밖에 서 있는 엄마에게 손을 내밀어보았지만, 내 손을 휙 하고 뿌리치면서 귀찮아하던 엄마를 떠올려본다. 언제부터일까. 엄마가 내 손을 뿌리치는 모습을 아무리 상상해보아도, 다 정신력 문제라고 나를 다그쳐도 피식하고 웃음이 나오고 만다. 심지어 엄마에게 난데없이 전화를 걸어서 그때 기억나냐고 물어볼 수도 있다. 엄마는 넌 왜 그런 것만 기억하냐면서 날 다그칠 수도 있고, 난 기억 안 난다고 발뺌을 할 수도 있지만 엄마가 어떤 반응을 보이든 이제 그런 건 하나도 중요하지 않다.

엄마는 자기 나름의 최선을 다했기 때문이다. 자기가 줄 수 있는 최대의 사랑을, 자신이 사랑이라 믿는 방식으로 나에게 주었기 때문이다. 세상에 완벽한 부모는 없고, 세상에 모든 부모는 예행연습 없이 부모가 되기 때문이다. 사람은 자신이 받은 사랑만큼 남에게 줄 수 있는데 엄마는 사랑을 넘치도록 받아본 적이 없다.

또한 글을 쓰면서 친언니와의 대화를 통해 과거의

기억을 팩트 체크하며 알게 된 사실이 있다. 객관적인 사건이란 결코 존재하지 않는다는 사실이다. 과거의 기억이란 참 재미있게도 현재의 내가 가지는 생각에 따라 요리조리 편집되기 일쑤였다. 부모와 불화라는 사실을 두고서 그것을 어떻게 해석하느냐는 지금의 나의 몫이다.

여기까지 생각이 다다르는 데 1년하고도 한 달이 꼬박 걸렸다. 처음에 '한달 동안 부모님에 대한 모든 기억을 뱉어내고 그들을 평가하겠다'는 결심과 달리, 글을 쓰다 보니 한 달이 두 달이 되었고, 다시 세 달이 되었고, 여름이 가고 가을이 오고, 다시 처음 글을 쓴 추운 겨울날이 되었을 때. 더 이상 내 손끝에서는 글이 나오지 않았다. 사실 그들을 점수 메기겠다는 그 패기는 그들에 대한 분노와 원망이라기보다는 이렇게라도 그들을 이해하고 사랑하고 싶었던 처절한 몸부림이 아니었을까 생각한다.

마지막으로 과거의 나를 받아들이고 인정하게 되었다. 엄마 아빠가 싸울 때면 아무것도 하지 못하고 무기력하게 귀를 막아야 했던 어린 시절의 나를 생각할 때면 '내가 그때로 돌아간다면 집을 나와버리겠어. 가출을 해서 엄마 아빠 속이 뒤집히도록 하겠어. 경찰에 신고해서 개망신을 당하게 하겠어'라는 생각이 이어졌지만 이제는 아니다.

아프고 힘들다고 하면 날 알아주고 달래주기보다는 '그게 다 정신력 문제야'라고 다그치기 일쑤였고, 그런 말을 듣는 과거의 나를 생각하고 있으면 '그때로 돌아가면 나도 할 말을 다 하겠어. 아니, 엄마 아빠가 늙어서 힘이 없어지면 똑같은 말을 해줄 거야. 엄마 아빠 지금 다 정신력 문제라고' 이렇게 생각하던 과거의 나를 돌아본다.

그때는 나도 그럴 수밖에 없었다는 걸 받아들인다. 나는 어렸고, 나도 미숙했다. 부모도 나 같은 아이를 처음 낳고 길러보는 것이었고, 나 역시 엉겁결에 태어나 나의 부모라는 사람을 처음으로 상대해보았기 때문이다. 나는 매 순간 나 나름대로의 최선의 선택을 했고, 힘들기도 후회도 많이 했지만 나에게 주어진 삶에 대해서 적어도 외면하지 않고 맞서서 버텨냈음을 인정한다.

부모가 뭔가 불편한 마음이 들고, 부모로부터 받는 사랑이 애매할 때, 사랑의 방향이 아이가 아니라 부모

중심일 때, 아이는 돌이킬 수 없는 상처를 받는다. 부모가 주는 사랑이 커다란 산처럼 결코 흔들리지 않는 것이라는 믿음이 없을 때 아이는 혼란스럽다. 마음은 눈에 보이지 않지만, 아이는 그것에 깊은 화상을 입고 만다. 부모로부터 조건 없는 사랑을 경험해보지 못한 아이는 평생을 통해 그 사랑을 스스로 찾아야 한다.

이 사랑을 찾아가는 첫걸음은 아이러니하게도 부모를 이해하는 것이다. 나의 마음을 이해받는 것이 아니고 내가 먼저 그들을 이해하는 것이다. 이웃을 네 몸처럼 사랑하라, 중생에게 자비심을 베풀어라 하는 종류의 가슴이 웅장해지려는 말을 하려는 건 아니다. 여기저기 종교도 기웃거려보고, 하다 안 되니 정신과도 다니다가 마음에 대해 공부도 해보고, 그냥 에라 모르겠다 내 마음을 무시하고도 살다가 자포자기 심정이 되어 제풀에 나가떨어져보기도 한 사람이 결국 찾아낸 단 하나의 해결책이다.

나의 현실을 정확하게 파악하고 나의 경험과 감정을 속이지 않고 직시한다. 과장하지도 않고, 미화하지도 않고, 무엇보다 내가 나를 속이지 않고 나의 과거와 그때의 감정을 꺼내보는 것이 시작이다. 용기를 내서 직시하면 현실을 정확하게 볼 수 있다. 부모가 나에게 준 것이 사실은 사랑이었음을, 그들이 줄 수 있는 최선의 사랑을 그들이 생각하는 최선의 방법으로 준 것이었음을 알게 된다. 이게 진실이다. 나는 어렸고 어린아이의 마음은 합리적이지 못하다. 어린아이가 그 상황에서 느꼈던 두려움은 사실 너무나 과장되어 있다. 현실에 가깝지 못하다.

사랑을 받으려고만 하니 힘이 들었다. 나이가 서른 일곱 살이나 되었는데도 어린아이처럼 사랑을 받기만 하려 했다. 소금물을 마시는 것처럼 아무리 마셔도 목이 말랐다. 이제는 사랑을 먼저 주는 것이 사랑을 채울 수 있는 유일한 방법임을 안다.

문득 살아 있는 것이 기적처럼 느껴질 때가 있다. 사랑하는 두 아이가 새근새근 자는 모습을 볼 때, 오븐에서 호박 고구마가 구워질 때, 은행나무에서 나뭇잎이 하나 살랑 떨어질 때도, 코가 찡할 만큼 추운 겨울날에도 문득 살아 있는 것이 신비롭게 느껴진다. 삶의 기회를 준 부모님에게 감사하다.

엄마 아빠가 건강하게 오래 사셨으면 좋겠다.

상처와 아픔이 회복과 위로가 되기까지

사람의 뇌는 확실한 것을 선호합니다. 그래서 명확한 서열을 나누고, 구역을 나누고 규칙을 만들면서 살아왔습니다. 특히 한국 사람들은 학연, 지연, 더 나아가 혈액형이나, MBTI까지 알아가며 구분하는 것을 좋아합니다. 그렇게 나와 타인이 어디에 소속되어 있는지, 아군인지 적군인지 확실히 아는 것이 마음을 편하게 해줍니다. 상대가 누군지 알 수 없는 모호함은 불안하고 불편합니다.

하지만 사람의 감정은 명확하지 않을 때가 더 많습니다. 이 모호함과 복잡함이 우리를 혼란스럽게 합니다. 이 책의 저자는 어린 시절 부모로부터 느낀 모호한 감정을 "뿌연 안개 같은 불편함"이라고 표현했습니다. 나를 낳고 키워준 부모가 좋은 사람처럼 보이기도 했다가 나쁜 사람처럼 보인다면 아이는 불안하고 혼란스러울 수밖에 없습니다. 내가 온전히 의지하고 싶고 사랑받고 싶은 대상이 때로는 나를 공포스럽게 할 수도 있다는 것을 이해하기에는 아이들은 아직 어립니다.

집 안의 물건을 던지며 부부싸움을 해도 나를 위해 밥을 차려주고 빨래를 해주고 돈을 벌고 가정을 지키는 부모를 바라보는 아이들의 심정은 혼란스럽기만 합니다. 누구 하나 이 집을 떠나지 않은 것이 고맙기도 했다가 언제 싸울까 싶어 불안해집니다. 끝없이 반복되는 싸움에 지긋지긋하고 화가 나기도 합니다. 차라리 이혼이라도 했으면 좋겠다 싶다가 막상 부모님이 이혼한다고 하면 '나는 어떡해야 하지? 누구랑 살아야 하나?' 두렵고 불안해집니다.

이렇게 정서적 불안 가운데 자란 아이들은 일일이 설명할 수도 없는 복잡한 마음을 느끼며 큽니다. 그리고 이 상태가 매일매일 반복된다면, 이 해결되지 못한 감정은 실타래처럼 점점 꼬이며 커집니다. 그러고는 마음의 중심에 떡 하니 자리 잡습니다. 이 미해결 과제는 인생의 결정적 순간에 느닷없이 나타나 개인의 삶을 어렵게 만듭니다. 성인이 되어 겪는 여러 관계와 마음의 어려움을 해결하고 싶어서 상담실을 찾습니다. 하지만 복잡한 실타래의 시작은 생각보다 오래된 경우가 대부분입니다.

생존이 큰 화두였던 부모님 세대는 생존만이 부모 노릇의 전부였습니다. 하지만 집과 밥만 있다고 아이들이 건강하게 크지 않습니다. 그렇게만 해도 아이들이 잘 자랐다면 아이들을 낳자마자 큰 시설에 맡겨서 군대처럼 일사불란하게 키우는 게 시간적으로나 경제적으로 가장 효과적인 방법이었을 것입니다. 하지만 아무도 그렇게 사랑하는 자녀를 키우지 않습니다.

다행히 요즘 육아 방송에서 아이들은 밥만 먹는다고 크는 것이 아니다 정서적 밥도 함께 먹어야 아이들이 잘 큰다는 말을 강조하기 시작했습니다. 정서적 밥이란 아이들과 건강한 애착을 형성하고 정서적 교류를 하는 것입니다. 건강한 애착을 가져야 자신에 대한 건강한 마음을 가질 수 있습니다. 이 뿌리를 시작으로 나와 타인의 관계가 뻗어나갑니다. 많은 관계의 어그러짐이나 자기혐오, 자기 비하 혹은 자기도취는 이 불안정한 애착에서 시작한 경우가 많습니다.

자신의 이야기를 책을 쓰기로 마음먹은 저자의 용기에 박수를 보내고 싶습니다. 아픈 과거를 되돌아본다는 것은 생각보다 쉽지 않은 일입니다. 그 시절로 돌아가 아픈 감정을 다시 느껴야 하기에 용기 있는 사람만 가능합니다. 더 이상 과거의 상처에 휘둘리지 않겠다는 의지와 반드시 회복하겠다는 내적인 힘이 있어야 시작할 수 있습니다. 글의 시작은 부모의 잘잘못을 저울질하며 작정하고 원망하고 비난하겠다는 것이었지만, 그럼에도 불구하고 저자는 부모님을 사랑하기 위해 글을 썼습니다. 자신의 마음을 치유한 사람만이 타인도 품을 수 있기 때문입니다. 저자의 이 용기가 비슷한 상황의 독자들에게도 같은 용기를 주리라 믿습니다.

저자처럼 과거를 돌아보며 객관적으로 관찰하고 표현하는 것 자체가 치유의 과정입니다. 저 또한 많은 내담자들에게 일기나 감사노트 쓰기를 권합니다. 상담과 글쓰기는 매우 닮아 있습니다. 막연하게 꼬여 있던 실타래를 자신만의 속도대로 차근차근 풀어낼 수 있고 자신의 삶을 관찰자가 되어 바라볼 수 있도록 도와줍니다. 그렇게 자신의 감정과 생각에 온전히 집중해서 쓰다 보면 돌같이 굳어 있던 마음은 가벼워지고 부모와 자신에 대해서 객관적 시야가 생기기 시작합니다. 그러면서 마음이 자연스럽게 회복됩니다.

  자신의 상처를 토해내는 책이지만 그렇게 감정적이지 않아서 더 좋았습니다. 대신 그날의 냄새, 소리, 부모님의 몸짓 하나 눈빛 하나를 놓치지 않고 표현한 저자의 필력이 섬세하게 그려집니다. 덕분에 과거의 어린 저 자신을 다시 만나기도 했고, 혼자 구석에서 그 모든 장면을 마음으로 새겨버리고 있는 어린 저자도 보았습니다. 마치 영화처럼 과거로 나를 데리고 가서 나를 돌아보게 만드는 힘이 있습니다. 이것이 이 책의 특별함이라 생각합니다. 책을 접하는 독자분들도 이야기를 따라 읽어가다 보면 자연스럽게 저자와 함께 자신도 몰랐던 마음의 실타래도 함께 풀 수 있으리라 생각합니다.

원정미(심리치료사)

우리 가족은 어디서부터 잘못된 걸까

초판 1쇄 인쇄일 2023년 7월 7일
초판 1쇄 발행일 2023년 7월 17일

지은이 골디락스

발행인 윤호권
사업총괄 정유한

편집 임채혁 **디자인** 김효정 **마케팅** 김솔희
발행처 ㈜시공사 **주소** 서울시 성동구 상원1길 22, 6-8층(우편번호 04779)
대표전화 02-3486-6877 **팩스(주문)** 02-585-1755
홈페이지 www.sigongsa.com / www.sigongjunior.com

글 ⓒ 골디락스, 2023 | 표지 일러스트 ⓒ 아올다, 2023

ISBN 979-11-6925-840-1 03810

*시공사는 시공간을 넘는 무한한 콘텐츠 세상을 만듭니다.
*시공사는 더 나은 내일을 함께 만들 여러분의 소중한 의견을 기다립니다.
*잘못 만들어진 책은 구입하신 곳에서 바꾸어 드립니다.

WEPUB 원스톱 출판 투고 플랫폼 '위펍' _wepub.kr
위펍은 다양한 콘텐츠 발굴과 확장의 기회를 높여주는
시공사의 출판IP 투고·매칭 플랫폼입니다.